SV

Band 439 der Bibliothek Suhrkamp

Mario Vargas Llosa

Die kleinen Hunde

(Schwanz Cuéllar)

Erzählung

Deutsch von
Wolfgang Alexander Luchting

Mit einem Nachwort
von José Miguel Oviedo

Suhrkamp Verlag

Titel der spanischen Originalausgabe:
Los cachorros (Pichula Cuéllar)
Deutsche Übersetzung des Nachworts von Mechtild Strausfeld

Viertes Tausend dieser Ausgabe 1980

Druck: Nomos Verlagsgesellschaft, Baden-Baden
Printed in Germany

Sebastián Salazar Bondy zum Gedächtnis

I

In dem Jahr damals trugen sie noch kurze Hosen, wir rauchten noch nicht, unter allen Sportarten zogen sie Fußball vor und wir lernten gerade Wellenreiten, vom zweiten Sprungbrett des ›*Terrazas*‹ ins Wasser hechten, und sie waren ungezogen, bartlos, wißbegierig, sehr behende, gefräßig. In dem Jahr damals, als Cuéllar ins Colegio Champagnat eintrat.
Frater Leoncio, stimmt's, daß ein Neuer kommt? nach ›Drei A‹, Frater? Ja, Ok, Frater Leoncio schob mit einer Handbewegung die Haare beiseite, die ihm ins Gesicht hingen, jetzt aber still.
Er tauchte eines Morgens während des Antretens auf, an der Hand seines Papas, und der Frater Lucio stellte ihn an den Kopf der Reihe, weil er kleiner war als selbst Rojas, und im Klassenzimmer setzte ihn der Frater Leoncio hinten hin, zu uns, in die leere Bank, junger Mann. Wie hieß er? Cuéllar, und du? Choto, und du? Chingolo, und du? Mañuco, und du? Lalo. Miraflorino? Ja, seit vorigem Monat, vorher hatte er in San Antonio gewohnt und jetzt in der Marsical Castilla, in der Nähe vom Colina-Kino.
Er war ein kleiner Streber (aber kein Kriecher): In der ersten Woche war er Fünfter und in der darauffolgenden Dritter und danach immer Primus bis zum Unfall, da ließ er nach und kriegte schlechte Zensuren. Die vierzehn Inkas, Cuéllar, sagte der Frater Leoncio, und er sagte sie ihm her, ohne zu

stocken, die Gebote, die drei Strophen der Maristen-Hymne, das Gedicht *›Meine Flagge‹* von López Albújar: ohne zu stocken. Toll, Cuéllar, sagte Lalo zu ihm und der Frater sehr gutes Gedächtnis, junger Mann, und zu uns, da könnt ihr was lernen, ihr Strolche! Er polierte die Fingernägel am Rockaufschlag und sah die ganze Klasse über die Schulter an, eingebildet (nicht wirklich, im Grunde war er nicht eingebildet, nur ein wenig verrückt und verspielt. Und, außerdem, ein guter Kamerad. Sagte uns bei den Prüfungen ein und in den Pausen kaufte er Lutscher für uns, Kapitalist, Bonbons, so was von Schwein, sagte Choto zu ihm, du kriegst mehr Taschengeld als wir vier zusammen, und er wegen der guten Noten, die er kriegte, und wir nur gut, daß du ein anständiger Kerl bist, das rettete ihn).

Der Unterricht der Unterstufe endete um vier, um vier Uhr zehn ließ der Frater Leoncio wegtreten, und um Viertel nach vier waren sie auf dem Fußballplatz. Sie warfen die Schulmappen ins Gras, die Jacken, die Krawatten, schnell Chingolo schnell, stell dich ins Tor, bevor andre es besetzen, und in seinem Käfig wurde Judas verrückt, wuau, stellte den Schwanz hoch, wuau, wuau, fletschte die Zähne, wuau, wuau, wuau, machte Sätze wie irrsinnig, wuau, wuau, wuau, wuau, rüttelte am Gitter. Mensch Meier wenn der mal auskommt, sagte Chingolo, und Mañuco wenn er ausbricht, muß man sich stillhalten, Doggen bissen nur, wenn sie rochen, daß man Angst vor ihnen hat, wer hat dir das gesagt? mein Alter, und Choto, ich würd aufs Tor klettern, da käm er nicht rauf, und Cuéllar zog sein kleines Taschenmesser und tschass, tschass erstach, zerfetzte ihn, und machte ihm den Garauaaaaauuuu, den Kopf zurückgeworfen, uuuuuuaaauuuu, beide Hände um den Mund, auauauauuu: brüllte Tarzan etwa nicht so? Sie spielten knapp bis fünf, denn da hatte die Oberstufe aus, und die Großen vertrieben uns vom Platz im guten oder im bösen. Mit heraushängenden Zungen, indem wir uns schüttelten und schwitzten, rissen sie ihre Bücher, Jacken und Krawatten an sich und rannten auf die Straße hinaus. Sie gingen die Diagonal hinunter, und indem wir uns die Mappen wie Basketbälle zuschleuderten, da halt den, Männeken, durchquerten wir den Parque in der Höhe von ›*Las Delicias*‹, hab ihn doch! hast gesehen, mein Mädchen? und im kleinen ›*D'Onofrio*‹-Laden an der Ecke kauften wir Eis, Vanilla? gemischt? nicht so sparsam, Cholo, bescheiß nicht, ein bißchen Zitrone, Geizkragen, und Ananas zur Belohnung. Und dann gingen sie weiter die Diagonal entlang, ›*Violín Gitano*‹, ohne zu sprechen, die Porta-Straße, aufs Eis konzentriert, eine Verkehrsampel, schhp lekkend schhp und hüpfend bis zum San Nicolás Gebäude und da verabschiedete sich Cuéllar, Mann, geh doch noch nicht, los komm mit uns zum ›*Terrazas*‹, sie würden den Chino um den Ball bitten, wollte er nicht in die Klassenauswahl kommen? Genosse, dazu hieß es erst ein wenig trainieren, komm, geh mit los, bloß bis um sechs, ein wenig Fulbito im ›*Terrazas*‹, Cuéllar. Er konnte nicht, sein Papa ließ ihn nicht, mußte Schularbeiten machen. Sie begleiteten ihn bis nach Haus, wie wollte er in die Klassenmannschaft kommen, wenn er nicht trainierte? und schließlich gingen wir allein zum *›Terrazas‹*. Netter Kerl, aber ein Riesenstreber, sagte Choto, vor lauter Lernen vernachlässigt er den Sport, und Lalo war nicht seine Schuld, sein Oller war sicher schwierig, und Chingolo klar, der käm ums Leben gern mit ihnen und Mañuco würde verdammt schwierig sein, daß der in die Mannschaft käm, war nicht so gebaut, keine Schußkraft, keine Ausdauer, wurde immer gleich müde, gar nichts. Aber köpfelt gut, sagte Choto, und außerdem war er unser Fan, man mußte ihn reinkriegen ganz gleich wie sagte Lalo, und Chingolo damit er mit uns zusammen ist und Mañuco ja, den würden wir reinkriegen, und wenn's noch so schwer war!

Aber Cuéllar, der starrköpfig war und ums Leben gern in der Mannschaft gespielt hätte, trainierte im Sommer so sehr, daß er sich im folgenden Jahr den Posten des Halblinken in der Klassenauswahl gewann: mens sana in corpore sano, sagte der Frater Augustín, da sahen wir's, man kann guter Sportler und ein fleißiger Schüler sein, wir sollten seinem Beispiel nacheifern. Wie hast das gemacht? sagte Lalo zu ihm, woher die Wendigkeit, diese Pässe, diese Jagd nach dem Ball, diese Eckschüsse? Und er: sein Vetter der Chispas hatte ihn trainiert und sein Vater nahm ihn jeden Sonntag ins Stadion mit und da, wenn er den Cracks zusah, guckte er's ihnen ab, begriffen wir? Hatte die drei Monate verbracht, ohne in die Nachmittagsvorstellungen oder

an den Strand zu gehen, immer nur zugeschaut und Fußball gespielt vormittags und nachmittags, fühlt mal diese Waden, sind die nicht hart geworden? Doch, hat sich sehr gebessert, sagte Choto zum Frater Lucio, dem Trainer, wirklich, und Lalo ist ein flinker Stürmer und strengt sich an, und Chingolo wie gut er die Angriffe organisierte, und vor allem ließ er sich den Schneid nicht abkaufen, und Mañuco haben Sie gesehen, wie er bis aufs Tor geht und hinter dem Ball her ist, wenn der Gegner in Führung ist, Frater Lucio? der muß in die Mannschaft. Cuéllar lachte glücklich, blies auf die Fingernägel und polierte sie am Trikot der ›Vier A‹, weiße Ärmel und blauer Latz: hat geklappt, sagten wir zu ihm, haben dich schon drin, aber bild dir nichts drauf ein.
Im Juli, für die Klassenmeisterschaft, erlaubte der Frater Augustín der Mannschaft der ›Vier A‹, zweimal wöchentlich, an Montagen und Freitagen, während des Zeichnens und der Musik zu trainieren. Nach der zweiten Pause, wenn der Hof leer war, ganz feucht vom Nieseln, wie ein nagelneuer Fußballschuh glänzte, gingen die elf Auswahlspieler hinunter zum Platz, zogen wir die Uniform aus und kamen sie mit Fußballstiefeln und schwarzen Trainingsanzügen einer hinter dem anderen und im Laufschritt aus dem Umkleideraum, voran Lalo, der Kapitän. An allen Klassenfenstern tauchten neidische Gesichter auf, die ihre Spurts, es wehte eine kalte Brise, die das Wasser im Bassin runzelte (tätst du dich baden? nach dem Spiel, jetzt nicht, brrr ist kalt), ihre Schüsse, und bewegte die Wipfel der Eukalyptus- und

Ficusbäume im Park, die über die gelbe Mauer des Colegio lugten, ihre Strafschüsse, und der Vormittag verging wie im Flug: wir haben prächtig trainiert, sagte Cuéllar, gemein gut, wir gewinnen bestimmt. Eine Stunde danach stieß der Frater Lucio ins Pfeifchen, und während die Klassenzimmer leer wurden und die Klassen im Hof antraten, zogen wir Auswahlspieler uns an, um zum Mittagessen nach Haus zu gehen. Aber Cuéllar brauchte länger, weil er (du machst den Cracks alles nach, sagte Chingolo, für wen hältst du dich? Toto Terry?) sich nach dem Training immer duschte. Manchmal duschten auch sie sich, wuau, aber an dem Tag, wuau, wuau, als Judas in der Tür des Umkleideraums auftauchte, wuau wuau wuau, duschten nur Lalo und Cuéllar: wuau wuau wuau wuau. Choto, Chingolo und Mañuco sprangen aus dem Fenster, Lalo kreischte entwischte aufpassen Mensch und konnte das Türchen der Dusche gerade noch vor der Schnauze der Dogge zuschlagen. Dort, zusammengekauert, weiße Fliesen, blaue Fliesen und Wasserspritzer, zitternd, hörte er das Bellen Judas', das Weinen Cuéllars, seine Schreie, und hörte Jaulen, Sprünge, Zusammenprallen, Ausrutschen und dann nur Bellen, und viel, viel später erst, ich schwör's euch (aber wieviel später, sagte Chingolo, zwei Minuten? länger Mensch, und Choto fünf? viel länger), die rauhe Stimme des Frater Lucio, die Kraftausdrücke von Leoncio (auf spanisch, Lalo? ja, auf französisch auch, hast du's verstanden? nein, er dachte sich eben, daß es Kraftausdrücke waren, Idiot, wegen der wütenden Stimme), die Sowas! mein Gott, raus, neugierige Bande, weg weg, die Verzweiflung der Fratres, ihr entsetzlicher Schreck. Er öffnete die Tür und da trugen sie ihn schon weg, sah ihn kaum inmitten der schwarzen Soutanen, ohnmächtig? ja, nackt, Lalo? ja und blutend, Mensch, Ehrenwort, fürchterlich: das ganze, ganze Bad war blutig. Was dann, was ist passiert, während ich mich angezogen hab, sagte Lalo, und Chingolo der Frater Augustín und der Frater Lucio haben Cuéllar ins Auto der Direktion gelegt, wir haben's von der Treppe aus gesehen, und Choto mit achtzig (Mañuco hundert) sind sie angefahren, gehupt und gehupt wie die Feuerwehr, wie ein Krankenwagen. Unterdessen fing der Frater Leoncio Judas ein, der im Hof hin und her rannte und sprang, wirbelte, packte ihn und steckte ihn in seinen Käfig und durch die Stäbe (wollte ihn umbringen, sagte Choto, wenn du das gesehen hättest, zum Angstkriegen) peitschte er ihn ohne Erbarmen aus, rot, die Haarsträhne tanzte ihm vorm Gesicht.

In der Woche damals galten die Sonntagsmesse, der Rosenkranz vom Freitag und die Gebete bei Unterrichtsanfang und -ende der Wiederherstellung Cuéllars, aber die Fratres wurden fuchsteufelswild, wenn die Schüler unter sich über den Unfall sprachen, erwischten sie uns dabei, gab's eine Kopfnuß, still, da, Nachsitzen bis sechs. Und doch war es das einzige Gesprächsthema in den Pausen und den Klassenzimmern, und am folgenden Montag, als sie ihn nach Schulschluß in der ›*Clinica Americana*‹ besuchen gingen, sahen wir, daß er im Gesicht nichts hatte und auch nichts an den Händen. War in einem hübschen Zimmer, grüß dich Cuéllar, weiße Wände und kremfarbene Vorhänge, geht's dir wieder, Freundchen? auf einen Garten mit Blümchen, Rasen und einem Baum. Sie wir rächten ihn, Cuéllar, in jeder Pause ein Steinwurf nach dem anderen gegen den Käfig von Judas und er gut so, bald bleibt dem Schuft kein heiles Bein, lachte, sobald er rauskam, würden wir nachts zum Colegio gehen und über die Dächer eindringen, hoch lebe der Junge bum bum, der Maskierte Adler tschass tschass, und bis er Sterne sieht, guter Laune aber ganz mager und blaß, das Hundsviech, wie er's mit mir gemacht hat. Am Kopfende von Cuéllars Bett waren zwei Frauen, die uns Pralinen gaben und in den Garten hinausgingen, Herzchen, unterhalt du dich schön mit deinen Kameraden, sie würden eine Zigarette rauchen und wiederkommen, die im weißen Kleid ist meine Mama, die andre eine Tante. Erzähl, Cuéllar, Bruderherz, was war denn los? hatte es ihm sehr weh getan? schrecklich, wo hatte er ihn denn gebissen? da halt, und er wurde verlegen, ins Schwänzchen? ja, knallrot, und er lachte und wir lachten und die Frauen vom Fenster her adieu, adieu Herzchen, und zu uns nicht mehr lange, denn Cuéllar war noch nicht geheilt und psst, war ein Geheimnis, sein Alter wollte nicht, seine Alte auch nicht, daß es jemand erführ, schau, Bub, sag lieber nichts, wozu auch, war nur am Bein gewesen, Herzchen, ja? Die Operation hatte zwei Stunden gedauert, erzählte er ihnen, innerhalb von zehn Tagen würde er wieder im Colegio sein, stell dir vor, so lange Ferien, was willst du noch mehr hatte der Arzt zu ihm gesagt. Wir gingen und in der Klasse wollten alle wissen, haben ihm den Bauch zugenäht, stimmt's? mit Nadel und Faden, stimmt's? Und Chingolo hat sich geniert, wie er's uns erzählt hat, war's Sünde, davon zu reden? Lalo nein, wieso denn, zu ihm sagte seine Mama jeden Abend vorm Bettgehen hast dir die Zähne geputzt, hast Pipi gemacht? und Mañuco armer Cuéllar, wie ihm das weh getan haben muß, wo da ein Fußball schon so weh tut dann erst ein Biß und vor allem denk an die Zähne, die Judas hat, sucht Steine, gehen wir zum Platz, und eins, und zwei, und drei, wuau wuau wuau wuau, gefiel's ihm? Schuft, er sollte nur, damit er sich's merkte. Der arme Cuéllar, sagte Choto, würde sich nicht mehr hervortun können bei der Meisterschaft, die morgen anfängt, und Mañuco sein ganzes Training umsonst und das Schlimmste ist, daß uns das, sagte Lalo, die Mannschaft geschwächt hat, heißt sich anstrengen, wenn wir nicht die Schlußlichter sein wollen, Kerle, schwört, daß ihr euch anstrengen werdet.

2

Er kam erst nach den Nationalfeiertagen wieder ins Colegio und, seltsam, anstatt vom Fußball geheilt zu sein (war's nicht, in gewisser Weise, wegen des Fußballspielens, daß Judas ihn gebissen hatte?), kam er als größerer Sportler denn je. Das Lernen dagegen war ihm jetzt immer weniger wichtig. War auch verständlich, müßte ja blöd sein, braucht ja nicht mehr zu ochsen: er kam zu den Prüfungen mit sehr niedrigem Durchschnitt und die Lehrer ließen ihn durch, schlechte Übungen und der Beste, miserable Schularbeiten und in Ordnung. Seit dem Unfall tun sie dir schön, sagten wir zu ihm, hast keine Ahnung von Brüchen gehabt und, so was, haben dir sechzehn gegeben. Darüberhinaus ließen sie ihn bei der Messe helfen, Cuéllar lesen Sie den Katechismus, bei den Prozessionen den Klassenwimpel tragen, wischen Sie die Tafel ab, im Chor singen, verteilen Sie die Hefte, und an den ersten Freitagen ging er zum Frühstück, auch wenn er nicht kommuniziert hatte. So schön müßte man's auch haben, sagte Choto, ein Leben führst du, schade, daß Judas nicht auch uns gebissen hat, und er deswegen war's nicht: die taten ihm schön aus Angst vor seinem Alten. Banditen, was habt ihr mit meinem Sohn gemacht, ich laß euch das Colegio sperren, bring euch ins Gefängnis, wißt nicht, wer ich bin, er würde dieses verfluchte Vieh umbringen und den Pater Direktor, Ruhe, beruhigen Sie sich, Herr, packte er beim Lätzchen. Genau so, Ehrenwort, sagte Cuéllar, sein Alter hatte es seiner Alten erzählt und obgleich sie tuschelten er, von meinem Bett aus in der Klinik, hatte es gehört: deswegen war's, daß sie ihm schön taten, sonst nichts. Beim Lätzchen? so ein Angeber, sagte Lalo, und Chingolo vielleicht ist's wahr, das verdammte Biest war nicht umsonst verschwunden. Werden es verkauft haben, sagten wir, wird ausgerissen sein, werden ihn jemand geschenkt haben, und Cuéllar nein,

nein, bestimmt war sein Alter gekommen und hatte ihn kaltgemacht, er hielt immer, was er versprach. Denn eines Tages war der Käfig leer und eine Woche später, anstelle von Judas – vier weiße Kaninchen! Cuéllar bringen Sie ihnen Salatblätter, ah Spezi, geben Sie ihnen gelbe Rüben, wie sie dir schön taten, frisches Wasser und er quietschvergnügt.

Aber nicht nur die Fratres hatten begonnen, ihn zu verwöhnen, auch seine Alten schlugen in diese Kerbe. Jetzt kam Cuéllar jeden Nachmittag mit uns zum ›*Terrazas*‹ zum Fulbito-Spielen (hat dein Alter nichts mehr dagegen? nichts mehr, im Gegenteil, er fragte ihn immer, wer gewonnen hatte, meine Mannschaft, wie viele Tore hast geschossen, drei? bravo! und er schimpf nicht, Mama, hab's Hemd beim Spielen zerrissen, war Zufall, und sie Dummchen, das war doch nicht wichtig, Herzelchen, das Dienstmädchen würde es flicken und dann würde es dir noch im Haus taugen, er sollte ihr einen Kuß geben) und danach gingen wir ganz oben ins Excelsior, ins Ricardo Palma oder ins Leuro, um Fortsetzungsfilme zu sehen, für Señoritas nicht geeignete Dramen, Filme mit Cantinflas und Tin Tan. Alle Augenblikke erhöhten sie ihm das Taschengeld und kaufen mir, was ich will, sagte er zu uns, hatte sie an der Kandare meine Papis, lassen mir in allem meinen Willen, tanzten nach seiner Pfeife, reißen sich ein Bein für mich aus. Er war der erste der Fünf mit Schlittschuhen, Fahrrad, Motorrad und sie Cuéllar dein Alter soll uns einen Pokal für die Meisterschaften stiften, sollte sie ins Schwimmbad im Stadion mitnehmen, um Merino und Conejo Villarán schwimmen zu sehen und sollte uns nach der Nachmittagsvorstellung mit dem Auto abholen, und sein Alter stiftete sie uns und nahm sie mit und holte uns in seinem Auto ab: ja, er tanzte nach seiner Pfeife.

Um diese Zeit etwa, nicht lange nach dem Unfall, begannen sie, ihn Schwänzchen zu nennen. Der Spitzname kam in der Klasse auf, war's der Schlauberger Gumucio, der ihn erfunden hatte? freilich, wer denn sonst, und am Anfang, Frater, wimmerte Cuéllar, die sagen ein schlimmes Wort zu mir, wie zu einem Feigling, wer? was sagen sie denn? was Häßliches, Frater, er genierte sich, es zu sagen, stotternd und die Tränen purzelten, und dann in den Pausen die von den anderen Klassen Schwänzchen grüß dich, und der Rotz rannte ihm runter, wie geht's denn, und er Frater, da hören Sie's, rannte zu Leoncio, Lucio, Augustín oder Professor Cañón Paredes: der war's. Er beschwerte sich und wurde auch wild, was hast du gesagt, Schwänzchen hab ich gesagt, bleich vor Zorn, Feigling, die Hände zitterten ihm und die Stimme, geh sag's nochmal, wenn dich traust, Schwänzchen, siehst ich hab mich getraut und was war jetzt und er machte dann die Augen zu und, wie sein Papa es ihm geraten hatte, laß dir's nicht gefallen Junge, stürzte sich auf sie, hau sie in die Fresse, und forderte sie, tret ihnen auf die Zehen und Peng!, und prügelte sich, eine Ohrfeige, ramm sie mit dem Kopf, einen Fußtritt, ganz gleich wo, im Glied oder auf dem Platz, bis er daliegt und Schluß, im Klassenzimmer, in der Kapelle, dann lassen sie dich in Ruhe. Aber je mehr er sich ärgerte, desto mehr hänselten sie ihn und einmal, 's war ein Skandal, Pater, kam sein Vater wutentbrannt in die Direktion, sie quälten seinen Sohn und er würde das nicht zugeben. Sollte Mann sein, sollte diese Grünschnäbel bestrafen sonst würde er selber es tun, würde es allen hier zeigen, diese Unverschämtheit, knallte die Hand auf den Tisch, war doch die Höhe, gerade noch gefehlt. Aber der Spitzname klebte an ihm wie eine Briefmarke und, trotz der Strafen der Fratres, des Seid menschlicher, Habt ein bißchen Mitleid mit ihm, des Direktors, und trotz des Weinens und der Wutanfälle und der Drohungen und Püffe Cuéllars gelangte der Spitzname hinaus und verbreitete sich ganz allmählich in den Vierteln von Miraflores und er hat ihn nie mehr loswerden können, der Arme. Schwänzchen her mit dem Ball, sei nicht stur, was hast du denn in Algebra gekriegt, Schwänzchen? gib mir ein Stück Schokolade, Schwänzchen, und ich geb dir eine Karamelle, und komm bestimmt morgen zum Ausflug nach Chosica, Schwänzchen, sie würden im Fluß baden, die Fratres würden Boxhandschuhe mitnehmen und dann kannst du mit Gumucio boxen und dich rächen, Schwänzchen, hast du Stiefel? denn bestimmt wird am Berg herumgeklettert, Schwänzchen, und nach der Rückkehr wär gerade noch Zeit für die Nachmittagsvorstellung, Schwänzchen, was meinte er dazu?

Auch ihnen, Cuéllar, die wir am Anfang darauf achteten, Kumpel, rutschte es allmählich raus, Alter, gegen unsren Willen, Bruderherz, Spezi, auf einmal Schwänzchen und er, rot, was? oder blaß, du auch, Chingolo? riß die Augen weit auf, Mann, entschuldige, war nicht absichtlich gewesen, er auch, sein Freund auch? Mann, Cuéllar, sollte nicht so sein, wenn's alle sagten, steckte das an, du auch, Choto? und das war ihm so entwischt, ohne zu wollen, er auch, Mañuco? so nannten wir ihn in seinem Rücken? drehte sich nur halb um und sie Schwänzchen, stimmt's? Nein, was fiel ihm denn ein, wir umarmten ihn, Ehrenwort, nie mehr wieder und außerdem warum regst du dich auf, Bruderherzchen, war ein Spitzname wie jeder andre auch und schließlich sagst du zum hinkenden Pérez etwa nicht Hinkebein und zum schielenden Rodríguez Silberblick oder Totenauge und Goldmund zum stotternden Rivera? Und sagten sie zu ihm etwa nicht Choto und zu ihm Chingolo und zu ihm Mañuco und zu ihm Lalo? Sei nicht bös, Brudermann, spiel weiter, komm, du kommst dran.

Nach und nach nahm er seinen Spitznamen hin und in der Sechsten weinte er nicht mehr, spielte auch nicht mehr den Schläger, tat, als hörte er's nicht und witzelte sogar, Schwänzchen nicht: Schweif haha! und in der Ersten der Oberstufe hatte er sich so sehr daran gewöhnt, daß er sogar, wenn jemand Cuéllar zu ihm sagte, ernst wurde und mißtrauisch guckte, als zweifelte er, sollte das ein Witz sein? Streckte sogar neuen Freunden die Hand hin und sagte freut mich, Schwanz Cuéllar zu deinen Diensten.

Nicht zu den Mädchen freilich, nur zu den Männern.

Denn zu jener Zeit interessierten sie sich außer für Sport auch schon für die Mädchen. Wir hatten begonnen, Witze zu reißen, während des Unterrichts, du hör, gestern habe ich Pirulo Martínez mit seiner Geliebten gesehen, in den Pausen, Hand in Hand sind sie am Malecón spazierengegangen und mittendrin: bumm, einen Schnuller! und beim Nachhausegehen, auf den Mund? ja und ganz lange hatten sie sich geküßt. Nach kurzer Zeit war das das Hauptthema ihrer Unterhaltungen. Quique Rojas hatte einen Zahn, die älter war als er, blond, mit riesigen blauen Augen und am Sonntag hat Mañuco sie zusammen in die Frühvorstellung im Ricardo Palma gehen sehen und beim Rauskommen war ihr Haar ganz, ganz durcheinander, die hatten's bestimmt getrieben, und neulich abends hat Choto den Venezolaner, den Quinto, erwischt, den, der Eimergosche genannt wird wegen seines Riesenmauls, in einem Auto, mit einer stark geschminkten Frau und, klar, die haben's getrieben, und du, Lalo, hast du's schon getrieben? und du, Schwänzchen, haha, und dem Mañuco gefiel die Schwester des Perico Sáenz, und Choto wollte gerade ein Eis stiften und die Brieftasche fiel ihm hin und ein Foto glitt raus von einem Rotkäppchen auf einem Kinderfest, haha, keine Angst, Lalo, wir wissen schon, daß du stirbst vor Liebe zur dürren Rojas, und du Schwänzchen, stirbst du vor Liebe zu jemand? und er nein, rot, noch nicht, oder blaß, war in niemand verknallt, und du und du, haha.

Wenn wir Punkt fünf aus hatten und wie vom Teufel verfolgte Seelen die Avenida Pardo hinunterrasten, kamen sie gerade recht zum Unterrichtsschluß der Mädchen vom Colegio La Reparación. Wir stellten uns an der Ecke auf und schau, da waren die Omnibusse, es waren die von der Dritten und die am zweiten Fenster ist die Schwester vom Choto Cánepa, tschüß tschüß, und die da, winkt ihr zu, sie hat gelacht, sie hat gelacht, und die Kleine winkte uns auch zu, adieu, adieu, war aber nicht für dich, Frechdachs, und die da und die da. Mitunter brachten wir ihnen kleine beschriebene Zettel mit und die warfen sie ihnen im Laufen zu, wie hübsch Du bist, ich mag Deine Zöpfe, die Uniform steht Dir besser als keiner, Dein Freund Lalo, Vorsicht, Mensch, jetzt hat dich die Nonne gesehen, wird sie bestrafen, wie heißt Du denn? ich Mañuco, gehen wir am Sonntag ins Kino? sollte ihm morgen mit genauso einem Zettel antworten oder mir mit dem Kopf ja nicken. Und du Cuéllar, gefiel ihm keine? doch, die, die da hinten sitzt, die Brillenschlange? nein nein, die gleich daneben, warum schrieb er ihr dann nicht, und er was sollte er denn schreiben, mal sehen, mal sehen, willst Du meine Freundin sein? nein, wie albern, er wollte ihr Freund sein und schickte ihr einen Kuß, ja, so war's besser, aber so kurz, etwas Frecheres, ich will Dein Freund sein und schickte ihr einen Kuß und ich bete Dich an, sie würde die Kuh sein und ich werd der Stier sein, haha. Und jetzt schreib deinen Vornamen und Nachnamen drunter und eine kleine Zeichnung sollte er dazumachen, was zum Beispiel? irgendwas, einen kleinen Stier, ein Blümchen, ein Schwänzchen, und so vertrieben wir uns die Nachmittage, indem sie hinter den Bussen des Colegio La Reparación herhetzten und, gelegentlich, gingen wir bis zur Avenida Arequipa, um die Mädchen mit den weißen Uniformen vom Villa María zu sehen, habt ihr gerade die erste Kommunion gehabt? schrien wir ihnen zu, ja sie nahmen sogar den Expreß und stiegen in San Isidro aus, um die vom Santa Ursula zu beobachten und die vom Sagrado Corazón. Fulbito spielten wir nicht mehr so viel wie früher.

Als zu den Geburtstagsfeiern auch Mädchen kamen, blieben sie draußen im Garten, gaben vor, Fangen zu spielen jetzt bist's du, die Berlina rate wer's gesagt hat oder so was, während wir ganz Auge, ganz Ohr waren, was war im Salon los? was trieben die Mädel mit den Großen da, voller Neid, die schon tanzen konnten? Bis sie eines Tages beschlossen, sie würden auch tanzen lernen und dann verbrachten wir ganze Sonnabende, Sonntage damit, einer mit dem andern tanzend, bei Lalo daheim, nein, bei mir, da ist mehr Platz, da war's besser, aber Choto hatte mehr Platten, und Mañuco aber ich hab meine Schwester, die kann's uns beibringen und Cuéllar nein, bei ihm zu Haus, seine Alten wußten schon Bescheid und eines Tages seine Mama, nimm Herzchen, schenkte ihm dieses Grammophon, ihm ganz allein? ja, wollten sie nicht tanzen lernen? Er würde es in sein Zimmer stellen und seine Kameraden rufen und sich mit ihnen einschließen so oft er wollte und auch kauf dir Platten, Herzchen, geh zum ›*Discocentro*‹, und sie gingen hin und dort wählten wir

Huarachas, Mambos, Boleros und Walzer aus und die Rechnung ging an seinen Alten, einfach an Herrn Cuéllar, zwei acht fünf Mariscal Castilla. Der Walzer und der Bolero waren leicht, Gedächtnis war nötig und Zählen, einen hierhin, einen dahin, die Musik war nicht so wichtig. Das Schwierige waren die Huarachas, wir müssen Figuren lernen, sagte Cuéllar, der Mambo, und wie man sich dreht und die Partnerin losläßt und angeben. Das Tanzen lernten wir fast zur selben Zeit wie das Rauchen, uns gegenseitig stoßend, sich verschluckend vom Rauch der Lucky und Viceroy, hopsend bis es plötzlich so ist's richtig, Bruderherz, jetzt hast du's kapiert, klappte, komm nicht draus, rühr dich mehr, uns schwindlig fühlend, hustend und spuckend, mal sehen, hatte er inhaliert? Schwindler, hatte den Rauch unter der Zunge, und Schwänzchen ich, wir sollten bei ihm zählen, hatten wir's gesehen? acht, neun, zehn, und jetzt ließ er ihn raus: konnte er nun inhalieren oder nicht? Und auch ihn durch die Nase ausstoßen und in die Hocke gehen und eine Drehung machen und sich aufrichten, ohne aus dem Rhythmus zu kommen.

Früher hatten uns am besten in der Welt der Sport gefallen und das Kino, und sie gaben alles für ein Fußballspiel, jetzt dagegen am besten die Mädchen und das Tanzen und wofür wir alles gaben, war eine Fiesta mit Pérez Prado Platten und wenn die Hausherrin Raucherlaubnis gab. Sie hatten fast jeden Samstag Fiestas und wenn wir nicht als Geladene gingen, schmuggelten wir uns ein und, vorm Be-

treten des Hauses, schlüpften sie in die Bodega an der Ecke und verlangten vom Chino, mit der Faust auf die Theke hauend: Fünf Capitanes! Auf einen Zug, sagte Schwänzchen, so, gluck, gluck, wie Mannsbilder, wie ich.
Als Pérez Prado mit seinem Orchester nach Lima kam, gingen wir ihn am Flughafen begrüßen, und Cuéllar, mal sehen, wer sich so vorwagte wie ich, brachte es fertig, sich durch die Menge Bahn zu brechen, gelangte bis zu ihm, packte ihn an der Jacke und schrie ihm zu »König des Mambos!« Pérez Prado lächelte ihn an und hat mir auch die Hand gegeben, ich schwör's, und schrieb ihm ins Autogrammalbum, da schaut. Sie fuhren hinter ihm her, eingepfercht in die Karawane von Verehrern, im Auto Boby Lozanos, bis zur Plaza San Martín und, trotz des erzbischöflichen Verbots und der Warnungen der Fratres vom Colegio Champagnat, gingen wir zur Plaza de Acho, Sonnenseite, um die nationalen Mambomeisterschaften zu sehen. Jeden Abend, bei Cuéllar zu Hause, schalteten sie Radio »El Sol« ein und hörten wir, frenetisch, soone Trompete, Bruderherz, sooon Rhythmus, das Programm Pérez Prados, sooon Klavier.
Da trugen sie schon lange Hosen, kämmten wir uns mit Fixativ und hatten sie sich entwickelt, vor allem Cuéllar, der vom Kleinsten und Schwächlichsten der fünf zum Größten und Kräftigsten geworden war. Bist ein richtiger Tarzan, Schwänzchen, sagten wir zu ihm, ein Schrank von einem Körper, den du dir da zugelegt hast.

3

Der erste, der mit einer ging, war Lalo, als wir in der Dritten der Oberstufe waren. Eines Abends kam er ins *›Cream Rica«*, bester Laune, sie, was hast du denn, und er, strahlend, eingebildet wie ein Pfau: hab mich an Chabuca Molina rangemacht, hat ja gesagt. Um's zu feiern, sind wir ins *›Chasqui‹* gegangen und, nach dem zweiten Glas Bier, Lalo, was hast du gesagt, wie du dich ihr erklärt hast, Cuéllar wurde langsam nervös, hatte er sie bei der Hand gepackt? lästig, was hatte Chabuca getan, Lalo, und neugierig, hast sie geküßt? Er berichtete, glücklich, und jetzt war die Reihe an uns, Prost, strahlte wie ein Osterei, mal sehen, ob wir uns beeilten, eine aufzutreiben und Cuéllar, indem er mit seinem Glas auf den Tisch pochte, wie war's denn, was hat sie gesagt, was hast du zu ihr gesagt, was hast du getan? Bist wie ein Pfaff, Schwänzchen, sagte Lalo, nimmst mir die Beichte ab und Cuéllar erzähl, erzähl, und dann? Sie tranken drei *›Cristales‹* und um Mitternacht war Cuéllar besoffen. Gegen einen Lichtmast gelehnt, mitten auf der Avenida Larco, gegenüber von der Ersten-Hilfe-Station, übergab er sich: Wickelkind, sagten wir zu ihm, und auch so eine Verschwendung, das Bier so vergeuden, wo's so teuer war, so eine Verschwendung. Aber er, hast uns verraten, war nicht zu Scherzen aufgelegt, Verräter Lalo, Schaum vorm Mund, bist uns zuvorgekommen, alles übers Hemd, sich an ein Mädchen ranmachen, die Hose, und uns nicht einmal erzählen, daß er ihr den Hof machte, Schwänzchen, beug dich ein wenig vor, kleckerst dich ja ganz voll, aber er laßt mich, so was tat man nicht, kann dir doch egal sein, ob ich mich vollmache, schlechter Freund, Verräter. Danach, während wir ihn reinigten, verrauchte sein Zorn und er wurde sentimental: jetzt würden wir dich nie mehr zu sehen bekommen, Lalo. Die Sonntage würde er mit Chabuca verbringen und uns wirst du nie mehr aufsuchen, Feigling. Und Lalo wie kam er nur darauf, Bruderherz, der Zahn und die Freunde waren zwei verschiedene Dinge, schließen einander aber nicht aus, durfte doch nicht eifersüchtig sein, Schwänzchen, beruhig dich, und sie gebt euch die Hand aber Cuéllar wollte nicht, Chabuca sollte ihm die Hand geben, ich geb sie ihm nicht. Wir begleiteten ihn nach Haus und den ganzen Weg über murmelte er halt's Maul, Kerl, und schimpfte, sind gleich da, geh vorsichtig rein, vorsichtig. Schritt für Schritt wie ein Dieb, aufpassen, wenn du Krach machst, wachen deine Alten auf und erwischen dich. Aber er fing an zu brüllen, werden wir ja sehen, die Haustür mit Fußtritten zu bearbeiten, sollten doch aufwachen und sollten ihn doch erwischen und was würde schon passieren, Feiglinge, wir sollten nicht davonlaufen, er hatte keine Angst vor seinen Eltern, wir sollten bleiben und selber sehen. Der hat eine Sauwut, sagte Mañuco, während wir in Richtung Diagonal rannten, du hast das von Chabuca erzählt und mein Kumpel hat ein Gesicht aufgesetzt und schlechte Laune gekriegt, und Choto das war Neid, deswegen hat er sich besoffen und Chingolo seine

Alten schlagen ihn bestimmt tot. Aber sie taten ihm nichts. Wer hat dir aufgemacht? meine Mama und was ist passiert? sagten wir zu ihm, hat sie dich verdroschen? Nein, fing an zu weinen, Herzchen, wie konnte er nur, in seinem Alter Schnaps trinken, und auch mein Alter ist gekommen und schalt ihn, weiter nichts, würde nie wieder vorkommen? nein Papa, schämte er sich dessen, was er getan hatte? ja. Sie wuschen ihn, brachten ihn zu Bett und am nächsten Morgen bat er sie um Verzeihung. Auch Lalo, Bruderherz, tut mir leid, ist mirs Bier zu Kopf gestiegen, nicht? hab dich beschimpft, bin dir auf die Nerven gegangen, nicht? Ach was, Quatsch, im Suff, gib die Pfote und wir sind wieder Freunde, Schwänzchen, wie vorher, nichts geschehen.
Aber es geschah etwas: Cuéllar fing an, Unsinn zu treiben, um aufzufallen. Sie feierten ihn und wir machten mit, wetten, daß ich mir das Auto vom Alten klau und wir auf der Costanera Kurven fahren würden, Jungens, wetten, daß nicht Bruderherz, und er kam mit dem Chevrolet seines Papas und sie fuhren zur Costanera; wetten, daß ich den Rekord von Boby Lozano brech? wetten, daß nicht Bruderherz, und er sssst den Malecón entlang sssst von der Benavides bis zur Quebrada sssst in zwei Minuten fünfzig, hab ich ihn gebrochen? ja und Mañuco bekreuzigte sich, hast ihn gebrochen, und du was du für Angst gehabt hast, in die Hose geschissen; wetten, daß er uns zum *›Oh, qué bueno‹* einlud und wir uns ohne zu zahlen aus dem Staub machen würden? wetten, daß nicht Bruderherz, und sie gingen

zum *Oh, qué bueno‹*, stopften uns mit Buletten und Milk-Shakes voll, verzogen sich einer nach dem anderen und von der Kirche vom Santa María aus sahen wir Cuéllar dem Kellner entwischen und ausreißen, was hab ich gesagt? wetten, daß ich alle Scheiben von dem Haus da zerdeppere mit der Schrotflinte von meinem Alten? wetten, daß nicht Schwänzchen, und er zerdepperte sie. Er spielte den wilden Mann, um Eindruck zu schinden, aber auch um, siehst du, siehst du? Lalo gegenüber aufzutrumpfen, du hast dich nicht getraut und ich schon. Das mit Chabuca verzeiht er ihm nicht, sagten wir, wie er ihn haßt.

In der Vierten der Oberstufe machte sich Choto an Fina Salas ran und sie sagte ja, und Mañuco an Pusy Lañas und wieder ja. Cuéllar schloß sich einen Monat lang zu Haus ein und im Colegio grüßte er sie kaum, hör, was hast du, nichts, warum kam er nicht zu uns, warum ging er nicht mit ihnen aus? hatte keine Lust dazu. Spielt den Geheimnisvollen, sagten sie, den Interessanten, den Verbitterten, den Beleidigten. Aber nach und nach schickte er sich drein und kehrte zur Gruppe zurück. An Sonntagen gingen Chingolo und er allein in die Nachmittagsvorstellung (Junggesellchen, sagten wir zu ihnen, Witwerlein), und danach schlugen sie die Zeit auf irgendeine Weise tot, indem sie auf den Straßen rumstrolchten, ohne ein Wort oder gerade noch gehen wir da rum, hier rum, die Hände in den Hosentaschen, bei Cuéllar daheim Schallplatten hörten, Comics lasen oder Karten spielten, und um neun trudelten sie im

Parque Salazar ein, um die andern zu suchen, denn um diese Stunde verabschiedeten wir die Mädchen schon. Schön gewesen? sagte Cuéllar, als wir die Jacken auszogen, sie sich die Krawatten lockerten und uns im Billardsalon der Alameda Ricardo Palma die Manschetten hochkrempelten, habt ihr's fest getrieben, Jungen? die Stimme krank vor Wut, Neid und schlechter Laune, und sie halt's Maul, wir wollen spielen, Hand? Zunge? zwinkernd, als beizten ihm der Rauch und das Licht der Glühbirnen die Augen, und wir, ärgerte ihn wohl, Schwänzchen? warum schaffte er sich nicht auch einen Zahn an anstatt sich aufzuregen und hörte auf sie zu ärgern? und er habt ihr geschnullt? hustend und ausspuckend wie ein Besoffener, bis ihr euch verschluckt habt? mit dem Fuß wippend, habt ihr ihnen den Rock hochgehoben, das Fingerchen hineingesteckt? und sie der Neid fraß an ihm, Schwänzchen, ne Wucht, hm, toll, hm? machte ihn verrückt, sollte lieber ruhig sein und anfangen. Aber er hörte nicht auf, unermüdlich, jetzt schon im Ernst, was hatten wir denn mit ihnen gemacht? die Mädchen ließen sich wie lang küssen? schon wieder, Bruderherz? halt's Maul, war allmählich lästig, und einmal wurde Lalo ärgerlich: Scheiße, würde ihm die Fresse einschlagen, er redete ja, als wären die Mädchen Cholita-Schlampen. Wir trennten sie und sie brachten sie dazu, sich zu versöhnen, aber Cuéllar konnte nicht anders, es war stärker als er, jeden Sonntag dieselbe Tour: also dann, wie ist's euch denn gegangen? wir sollten erzählen, dufte gewesen?

In der Fünften der Oberstufe probierte es Chingolo

bei der Bebe Romero und sie sagte nein, bei der Tula Ramírez und nein, bei der China Saldívar und ja: alle guten Dinge sind drei, sagte er, nur nicht locker lassen, quietschvergnügt. Wir feierten es in der kleinen Bar, wo die Catchascan-Leute hingingen, in der San Martín Straße. Stumm, mit hängendem Kopf, traurig auf seinem Stuhl in der Ecke, goß Cuéllar einen Capitán nach dem andern hinunter: setz nicht so ein Gesicht auf, Bruderherz, jetzt war die Reihe an ihm. Er sollte sich einen Zahn aussuchen und sich ranmachen, sagten wir zu ihm, wir leisten dir Hilfestellung, würden ihm helfen und unsre Mädchen auch. Ja, ja, er würde schon eine aussuchen, einen Capitán nach dem andern, und ganz plötzlich, Servus: er war müde, ich geh schlafen. Wenn er geblieben wär, hätt er geheult, sagte Mañuco, und Choto der war schon nah dran, und Chingolo wenn er nicht heulte, dann kriegte er einen Tobsuchtsanfall wie damals. Und Lalo: man mußte ihm helfen, er meinte das ernst, wir würden ihm einen Zahn verschaffen, selbst wenn sie häßlich war, und dann würde er seinen Komplex loswerden. Ja, ja, wir würden ihm helfen, war ein anständiger Kerl, manchmal ein bißchen lästig, aber in seinem Fall wär das jeder, das verstand man, verzieh man ihm, man vermißte ihn, man hatte ihn gern, trinken wir auf sein Wohl, Schwänzchen, stoßt an, auf dich.

Von da an ging Cuéllar an Sonntagen und Feiertagen allein in die Nachmittagsvorstellung – wir sahen ihn in der Dunkelheit im Parkett, in den letzten Reihen sitzen, einen Glimmstengel nach dem an-

dern anstecken, verstohlen die Paare beobachten, die's trieben – und kam mit ihnen nur mehr abends zusammen, im Billardsalon, im *›Bransa‹*, im *›Cream Rica‹*, das Gesicht verbittert, netten Sonntag gehabt? und die Stimme schneidend, er sehr nett und ihr, nehm ich an, ganz besonders nett, oder?
Aber im Sommer war sein Zorn schon verraucht; wir gingen zusammen an den Strand – an *›La Herradura‹*, nicht mehr nach Miraflores –, in dem Auto, das seine Alten ihm zu Weihnachten geschenkt hatten, einem Ford Kabriolet, dessen Auspuff ohne Dämpfer war, er achtete nicht auf die Verkehrsampeln und die Fußgänger hielten sich die Ohren zu, erschraken. Schlecht und recht hatte er sich mit den Mädchen angefreundet und kam gut mit ihnen aus, trotzdem sie ihm immer, Cuéllar, mit derselben Sache auf die Nerven gingen: warum machst du dich nicht einfach an irgendein Mädchen ran. Dann wären sie fünf Paare und würden wir, die ganze Zeit, die ganze Bande zusammen ausgehen und wären sie, hinten und vorn, immerzu, beisammen, warum tust du's nicht? Cuéllar verteidigte sich mit Scherzen, nein denn dann würden nicht mehr alle in den mächtigen Ford passen und eine von euch müßte sich opfern, indem er ablenkte, sind nicht schon neun wie Sardinen zusammengepfercht? Im Ernst, sagte Pusy, alle hatten Mädchen und er nicht, bist du's nicht müde, immer das fünfte Rad zu spielen? Sollte sich doch an die dürre Gamio ranmachen, die ist sterblich in dich verknallt, hatte es ihnen neulich gestanden, bei der China, beim Berlina-Spielen, gefällt sie dir

nicht? Aber er wollte mit keiner gehen und setzte ein Schwerenötergesicht auf, zieh meine Freiheit vor, ein Eroberergesicht, als Junggeselle war man besser dran. Deine Freiheit wozu? sagte die China, um Unfug zu treiben? und Chabuca, um dich rumzutreiben? und Pusy, mit kleinen Schlampen? und er ein geheimnisvolles Gesicht, wer weiß, als Zuhälter, wer weiß und als Lustmolch: schon möglich. Warum kommst du nicht mehr zu unsern Fiestas? sagte Fina, früher bist du zu allen gekommen und warst so guter Stimmung und hast so gut getanzt, was ist los mit dir, Cuéllar? Und Chabuca er sollte kein Spielverderber sein, komm halt und dann lernst du eines Tages eine kennen, die dir gefällt und da machst du dich ran. Aber er kein Drandenken, als Verruchter, unsere Fiestas langweilten ihn, als blasierter, vorzeitig Gealterter, er ging nicht hin, weil er andre, bessere hatte, wo's lustiger zugeht. Von wegen, dir gefallen nur die anständigen Mädchen nicht, sagten sie, und er als Freundinnen durchaus, und sie bloß die Cholas, die Halbseidenen, die Gaunerinnen und, unvermittelt, fing Schwänzchen an, dddoch gefffielen ihm schon, die anstttändigen Mädddddchen, zu stottern, nnnnur ebebeben die dürre Gagagagamio nicht, sie hast schon wieder Federn und er außeraußeraußerdem war kkkkeine Zeit wegen der Prüfffungen und wir laßt ihn in Ruhe, kamen ihm zu Hilfe, ihr überzeugt ihn nicht, er hatte eben seine Verhältnisse, seine kleinen Geheimnisse, beeil dich Bruderherz, schau wie die Sonne scheint, die ›*Herradura*‹ glüht bestimmt, gib Gas, damit der mächtige Ford rast.

Wir badeten gegenüber von *›Las Gaviotas‹*, und während die vier Paare sich im Sand sonnten, glänzte Cuéllar beim Wellenreiten. Mal sehen, die, die da anschwillt, sagte Chabuca, die riesengroße da, brächtest du die fertig? Schwänzchen stand mit einem Sprung auf, sie hatte genau getroffen, was ihm am liebsten war, wenigstens darin konnte er uns ausstechen: er würde es versuchen, Chabuquita, schau. Er rannte los – streckte beim Laufen die Brust heraus, warf den Kopf zurück – hechtete hinein, kraulte hübsch, wirbelte gleichmäßig die Füße, wie gut er schwimmt sagte Pusy, erreichte die Woge, als sie kurz vorm Brechen war, schau nur jetzt läßt er sich tragen hat sich getraut sagte die China, richtete sich auf und indem er kaum den Kopf untertauchte, den einen Arm steif und mit dem andren paddelnd, zog er das Wasser heran wie ein Champion, sahen wir ihn den Kamm der Welle erklimmen, mit ihr fallen, in einem Getöse aus Schaum verschwinden, schaut nur schaut nur, bei so einer haut's ihn einmal auf die Nase sagte Fina, und sahen sie ihn wieder auftauchen und von der Welle mitgeschleift werden, der Körper gebogen, der Kopf draußen, die Beine in der Luft gekreuzt, und sahen wir ihn sacht, von den Wellen gewiegt bis an den Strand kommen.
Wie schön er das macht, sagten die Mädchen, während Cuéllar gegen die Strudel ankämpfte, uns zuwinkte und sich erneut ins Meer hinauswarf, war so sympathisch, und auch so gut aussehend, warum hatte er keine Freundin? Sie blickten einander verstohlen an, Lalo lachte, Fina was habt ihr denn, weswe-

gen dieses Gelache, erzählt, Choto wurde rot, nur so halt, darum und außerdem wovon redest du überhaupt, was für ein Gelache, sie stell dich nicht so und er nein, er stellte sich nicht, Ehrenwort. Er hatte keine, weil er schüchtern ist, sagte Chingolo, und Pusy das war er nicht, von wegen, eher ein Frechdachs, und Chabuca, aber dann warum? Er sucht, findet aber nicht, sagte Lalo, wird sich schon an eine ranmachen, und die China stimmt nicht, er suchte nicht, ging nie auf Fiestas, und Chabuca, aber dann warum? Sie wissen's, sagte Lalo, wettete seinen Kopf, daß sie's wußten, doch, und taten nur so, als ob nicht, wozu? um sie auszuholen, wenn sie's nicht wüßten, weswegen dann all diese Warum, all die seltsamen Blicke, all die Bosheit in der Stimme. Und Choto: nein, da irrst du dich, sie wußten's nicht, fragten ganz unschuldig, die Mädchen hatten Mitleid, weil er in seinem Alter keinen Zahn hat, tut ihnen leid, weil er allein rumläuft, wollten ihm helfen. Vielleicht wissen sie's nicht, aber eines Tages werden sie's erfahren, sagte Chingolo, und dann wird er selber schuld sein, was kostete es ihn denn, sich an eine ranzumachen, und wenn's bloß zur Tarnung wär? und Chabuca, aber dann warum? und Mañuco kann dir doch egal sein, ärgre ihn nicht immer, wenn ihr's am wenigstens erwartet, würde er sich verlieben, sie würde ja sehen, und jetzt haltets Maul da kommt er.

Die Tage vergingen und Cuéllar wurde immer scheuer den Mädchen gegenüber, lakonischer und spröder. Auch immer verrückter: verdarb Pusy die

Geburtstagsfeier, indem er eine Kette Knallfrösche durchs Fenster hineinschleuderte, sie fing zu weinen an und Mañuco wurde wütend, suchte ihn, prügelten sich, Schwänzchen verhaute ihn. Wir brauchten eine Woche dazu, sie zu versöhnen, entschuldige Mañuco, verdammt, weiß nicht, was mit mir los war, Bruderherz, nichts, vielmehr möcht ich mich bei dir entschuldigen, Schwänzchen, dafür, daß ich so wütend geworden bin, komm komm, Pusy hat dir auch verziehen und will dich sehen; kam besoffen zur Christmette und Lalo und Choto mußten ihn hinaustragen zum Parque, laßt mich los, delirierend, war ihm schnurzegal, kotzend, wünschte hätte einen Revolver, wozu denn, Bruderherz? hysterisch, um uns umzubringen? ja und auch den, der da vorbeigeht paff paff und dich und mich auch paff paff; eines Sonntags drang er mit seinem Ford auf den Rasen des Hipódromo ein ffffumm fuhr in die Leute ffffumm, die entsetzt kreischten und über die Barrieren sprangen. Während der Karnevalstage flüchteten die Mädchen vor ihm: er warf mit Stinkbomben nach ihnen, Bananenschalen, verdorbenem Obst, mit Pipi aufgeblähten Ballonen und beschmierte sie mit Lehm, Tinte, Mehl, Seife (für Kochtöpfe) und Teer: Rohling, sagten sie zu ihm, Schwein, brutaler Kerl, Vieh, und tauchte bei Fiestas im *›Terrazas‹*, am Kinderspielplatz im Parque de Barranco, beim Ball im *›Lawn Tennis‹* auf, ohne Kostüm, in jeder Hand eine Wasserpistole mit Äther, píkiti píkiti pisch, hab getroffen, hab sie in die Augen erwischt, ha ha, píkiti, píkiti pisch, jetzt wird sie blind, ha ha, oder mit einem Spazierstock bewaffnet, um ihn den Paaren zwischen die Beine zu werfen, damit sie zu Boden fielen: tramtramtram. Er prügelte sich, wurde verhauen, mitunter verteidigten wir ihn, aber der lernt's nicht, sagten wir, den bringen sie bei so was noch um.

Seine irrsinnigen Streiche brachten ihm einen schlechten Ruf ein und Chingolo, Bruderherz, du mußt dich ändern, Choto, Schwänzchen, allmählich wirst du unsympathisch, Mañuco, die Mädel wollten schon nichts mehr mit ihm zu tun haben, hielten dich für einen Strolch, für überheblich und für eine Nervensäge. Er, mitunter tieftraurig, das letzte Mal, würde sich ändern, Ehrenwort, und dann wieder aggressiv, Strolch, was? so redeten die Ratschen von mir? war ihm schnuppe, die Gänschen konnten ihm den Buckel runter, konnten ihn am.

Auf dem Abitursball – Gala, zwei Orchester, im Country Club – war Cuéllar der einzige Abwesende der Klasse. Sei doch nicht dumm, sagten wir zu ihm, du mußt kommen, wir verschaffen dir einen Zahn, Pusy hat schon mit Margot, Fina mit Ilse, die China mit Elena, Chabuca mit Flora gesprochen, alle wollten sie, kamen um vor Sehnsucht, deine Dame zu sein, entscheid dich und komm zum Ball. Aber er nein, wie lächerlich, einen Smoking anziehen, er würde nicht gehen, wir sollten uns lieber hinterher treffen. Schön Schwänzchen, wie er wünschte, sollte es bleiben lassen, schwimmst gegen den Strom, sollte uns um zwei in *›El Chasqui‹* erwarten, wir würden die Mädchen nach Haus bringen, ihn dort abholen und ein paar Schnäpse trinken gehen, uns ein wenig rumtreiben, und er tief betrübt das ja.

4

Im darauffolgenden Jahr, als Chingolo und Mañuco schon im ersten Semester an der TH studierten, Lalo Medizin und Choto bei der *›Casa Wiese‹* zu arbeiten begann und Chabuca schon nicht mehr mit Lalo sondern mit Chingolo und die China schon nicht mehr mit Chingolo sondern mit Lalo ging kam Teresita Arrarte nach Miraflores: Cuéllar sah sie und wurde, eine Zeitlang, ein anderer. Übernacht hörte er auf, Umtriebe zu veranstalten und in Hemdsärmeln herumzulaufen, mit dreckiger Hose und wirrem Haar. Er begann, Krawatte und Jacke zu tragen, sich mit Tolle zu frisieren à la Elvis Presley und die Schuhe zu putzen: was hast du denn, Schwänzchen, man erkennt dich ja gar nicht wieder, immer mit der Ruhe, Genosse. Und er nichts, gut gelaunt, nichts hab ich, man mußte doch auf seine Erscheinung achten, oder? blies auf die Fingernägel, polierte sie am Rockaufschlag, schien wieder der von früher. Mensch, was ne Freude, sagten wir zu ihm, sensationell dich in diesem Aufzug zu sehen, wird doch nicht am Ende sein, daß? und er, süß wie Honig, wer weiß? Teresita? tja wer weiß, gefiel sie ihm? kann ja sein, wie Schokolade, kann ja sein.

Er wurde wieder verträglich, fast so sehr wie als kleiner Junge. An Sonntagen tauchte er in der Zwölfuhr-Messe auf (mitunter sahen wir ihn kommunizieren) und hinterher näherte er sich den Mädchen des Barrio, wie geht's euch denn? grüß dich Teresita, waren wir auf dem Weg zum Parque? sollten uns auf die Bank da setzen, da war Schatten. Gegen Spätnachmittag, wenn's dunkel wurde, kam er auf die Rollschuhbahn und fiel hin und rappelte sich auf, schlagfertig und gesprächig, komm komm Teresita, er würde es ihr beibringen, und wenn sie stürzte? ach woher denn, er würde sie bei der Hand halten, komm komm, eine einzige kleine Runde nur, und sie schön, errötend und kokett, eine einzige aber ganz langsam, blond, Popöchen und mit Mäusezähnen, also los. Er ließ sich's auch nicht nehmen, den *›Regatas‹* zu frequentieren, Papa, er sollte Mitglied werden, alle seine Freunde gingen da hin und sein Alter okay, werd beitreten, würde das Mode werden, Junge? ja, und das Bowling in der Diagonal. Sogar im Parque Salazar ging er Sonntag nachmittags seine Spaziergänge machen, und immer sah man ihn heiter, Teresita, wußte sie inwiefern ein Elefant Jesus glich? gefällig, nimm meine Brille, Teresita, die Sonne blendet sehr, gesprächig, was gibt's Neues, Teresita, zu Haus alle wohlauf? und spendabel, eine Hot-Dog, Teresita, ein kleines Sandwich, einen Milk-Shake?

Na endlich, sagte Fina, 's hat ihn erwischt, ist verliebt. Und Chabuca wie vernarrt er war, schaute Teresita nur an und schon trieb's ihm die Augen aus dem Kopf, und wir am Abend, ums Billard stehend, während sie auf ihn warteten, wird er sich ranmachen? Choto wird er sich trauen? und Chingolo ob's

Tere weiß? Aber niemand fragte ihn direkt und er tat, als verstünde er die Anspielungen nicht, hast Teresita gesehen? ja, seid ihr ins Kino gegangen? in den Ava-Gardner-Film, in die Nachmittagsvorstellung, und wie war's? toll, dufte, wir sollten gehen, versäumt den bloß nicht. Er zog die Jacke aus, krempelte die Hemdsärmel hoch, packte das Queue, bestellte Bier für alle fünf, sie spielten und eines Abends, nach einer Karambolage royale, halblaut, ohne uns anzusehen: 's ist soweit, man würde ihn heilen. Er markierte seine Punkte, er würde operiert, und sie was sagte er da, Schwänzchen? wirklich, operiert wirst du? und er wie einer, der's gar nicht will, schön, nicht? Es ging, ja, nicht hier, sondern in New York, sein Alter würde mit ihm hinfahren, und wir ist ja toll, Bruderherz, großartig, die beste Nachricht, wann würde er denn reisen? und er bald, in einem Monat, nach New York, und sie er sollte doch lachen, sing, brüll, freu dich, Brüderchen, so was von Freude. Nur, es war noch nicht sicher, die Antwort des Arztes mußte abgewartet werden, mein Alter hat ihm schon geschrieben, kein Arzt sondern eine Kapazität, eins von den Gehirnen, die's dort gibt und er, Papa, schon gekommen? nein, und am nächsten Tag, Post gekommen, Mama? nein Herzchen, beruhig dich, wird schon kommen, man durfte nicht ungeduldig werden und endlich kam's und sein Alter packte ihn bei der Schulter: nein, es war nicht möglich, Junge, durfte den Mut nicht verlieren. Mann, wie schade, sagten sie zu ihm, und er kann sein, daß woanders doch, in Deutschland zum Beispiel, in Paris, in London, sein Alter würde sich erkundigen, Tausende von Briefen schreiben, alles daransetzen, was er hatte, Junge, und er würde hinfahren, man würde ihn operieren und heilen, und wir klar, Bruderherz, freilich, und als er ging, der Ärmste, zum Heulen. Choto: ausgerechnet da war Teresita hierhergezogen, und Chingolo wo er sich schon dran gewöhnt hatte und jetzt ist er verzweifelt und Mañuco aber vielleicht später, die Wissenschaft machte solche Fortschritte, etwa nicht? würde man etwas entdecken und Lalo nein, sein Onkel der Arzt hatte ihm gesagt nein, auf keine Weise, nichts zu machen und Cuéllar und, Papa? noch nicht, aus Paris, Mama? und vielleicht gar in Rom? nichts aus Deutschland?

Und unterdessen ließ er sich wieder auf Fiestas blikken und, wie um den schlechten Ruf zu löschen, den er sich mit seinen Halbstarken-Umtrieben erworben hatte, und sich bei den Familien einzuschmeicheln, führte er sich bei Geburtstagsfeiern und Würstchen-Parties wie ein Musterknabe auf: kam pünktlich und nicht angeheitert, in der Hand ein kleines Geschenk, Chabuquita, hab ich dir mitgebracht, fröhlichen Geburtstag, und die Blumen hier für deine Mama, sag, ist Teresita gekommen? Er tanzte sehr steif, sehr korrekt, wirkst wie ein Alter, drückte sich nicht an seine Dame, zu den Mauerblümchen komm Dickerchen tanzen wir, und machte Konversation mit den Mamas, den Papas, war behilflich bedienen Sie sich, gnädige Frau zu den Tanten, soll ich Ihnen einen Fruchtsaft bringen? zu den Onkeln ein Schnäpschen?

galant, wie hübsch Ihr Kollier, wie ihr Ring glitzerte, redselig, auf dem Rennplatz gewesen, Señor, wann gewinnen Sie denn? und voller Komplimente, Sie sind eben eine waschechte, gnädige Frau, er sollte ihn doch so gut tanzen lehren, Don Joaquín, was er nicht gäbe, so tanzen zu können.

Wenn wir uns unterhielten, auf einer Bank im Parque sitzend, und Teresita Arrarte kam, an einem Tisch im *›Cream Rica‹*, wechselte Cuéllar, oder im Barrio, das Thema: er will sie beeindrucken, sagten sie, sich für einen Intellektuellen ausgeben, arbeitet auf ihre Bewunderung hin. Er redete von eigenartigen und komplizierten Dingen: von Religion (Gott, der allmächtig war, konnte der sich vielleicht umbringen, wo er doch unsterblich war? na, wer von uns löste dieses Problem), Politik (Hitler war nicht so verrückt, wie's hieß, in ein paar Jährchen hat er aus Deutschland ein Land gemacht, das es mit der ganzen Welt aufgenommen hat, oder? was meinten sie), Spiritismus (war nicht eine Frage des Aberglaubens, sondern der Wissenschaft, in Frankreich gab es Medien in der Universität und die zitierten die Seelen nicht nur, sie photographierten sie auch, er hatte ein Buch gesehen, Teresita, wenn sie wollte, er besorgte es ihr und leih's dir). Er verkündete, daß er studieren würde: nächstes Jahr würde er sich in der Católica immatrikulieren und sie albern wie schön, welche Fakultät denn? und fuchtelte ihm mit ihren weißen kleinen Händen vor den Augen herum, Jura, ihre dicken Fingerchen und ihre langen Nägel, Jura? ui, wie häßlich! rosig lackiert, und wurde traurig und er: aber nicht, um Rechtsverdreher zu werden, sondern um ins AA einzutreten und Diplomat zu werden, und freute sich, Händchen, Augen, Wimpern, und er ja, der Außenminister war Freund seines Alten, hatte schon mit dem geredet, Diplomat? Mäulchen, ui, wie süß! und er, zerschmelzend, verzückt, und ob, da kam man herum, und sie das auch und außerdem ging's von einer Fiesta zur andern: Äugchen.

Die Liebe bewirkt Wunder, sagte Pusy, wie proper er geworden ist, ein kleiner Caballero. Und die China: aber es war doch eine sehr eigenartige Liebe, wenn er so in Tere verknallt war, warum sagte er's ihr dann nicht rundheraus? und Chabuca sehr richtig, auf was wartete er denn? jetzt rannte er ihr schon über zwei Monate nach und bisher bloß viel Gebell und wenig Beißen, so was. Wir, unter uns, wissen sie's oder stellen sie sich dumm? aber in ihrem Beisein verteidigten sie ihn heuchelnd: wer langsam geht, kommt auch zum Ziel, Kinder. Frage von Stolz, sagte Chingolo, er wird halt kein Risiko eingehen wollen, bis er sicher ist, daß sie ihn akzeptiert. Aber freilich würde sie ihn akzeptieren, sagte Fina, machte sie ihm nicht immer Augen, schau Lalo und die China an, wie Turteltauben, und ließ Andeutungen fallen, wie gut du Rollschuh läufst, ein toller Pullover, wie warm und sogar erklären tut sie sich ihm im Scherz, mein Galan bist aber du? Eben deswegen ist er mißtrauisch, sagte Mañuco, bei so koketten wie Tere konnte man nie wissen, da meinte man und danach nichts. Aber Fina und Pusy nein, Lüge, sie hatten sie gefragt, wirst du ihn akzeptieren? und sie hatte zu verstehen gegeben, daß ja, und Chabuca ging sie vielleicht nicht immerzu mit ihm aus, tanzte sie auf den Fiestas nicht ausschließlich mit ihm, zu wem setzte sie sich denn im Kino wenn nicht zu ihm? Klarer konnte nicht einmal Wasser sein: sie hielt's nicht aus ohne ihn. Und die China im Gegenteil, wenn sie so lang auf ihn warten muß, da würde sie's müde, ratet ihm, er soll machen und wenn er eine günstige Gelegenheit brauchte, würden wir sie ihm geben, eine kleine Fiesta zum Beispiel am Samstag, sie würden ein wenig tanzen, bei mir zu Haus oder bei Chabuca oder bei Fina, dann verschwänden wir in den Garten und würden sie die beiden allein lassen, was wollte er noch mehr. Und im Billardsalon: sie wußten's nicht, wie naiv, oder was für Scheinheilige, freilich wußten sie's und stellten sich nur dumm.

So kann's nicht weitergehen, sagte Lalo eines Tages, sie führte ihn ja an der Nase herum, Schwänzchen würde noch überschnappen, der konnte vor Liebe sogar sterben, wir müssen was unternehmen, sie ja aber was, und Mañuco rausfinden, ob Tere tatsächlich umkommt vor Sehnsucht nach ihm oder es nur Koketterie war. Sie besuchten sie daheim, wir fragten sie, aber sie war mit allen Wassern gewaschen, die steckt uns alle vier ein, sagten sie. Cuéllar? sie saß auf dem Balkon ihrer Villa, aber ihr nennt ihn doch gar nicht Cuéllar sondern ganz abscheulich, sich hin und her wiegend, damit der Schein der Straßenlaterne auf ihre Beine fiel, ist sterblich verknallt in mich? die waren nicht schlecht, woher wußten wir das denn? Und Choto stell dich nicht dumm, sie wußten es und sie selber auch und die andern Mädchen und in ganz Miraflores wurde davon geredet und sie, Augen, Mund, Näschen, tatsächlich? als säh sie einen Marsmenschen: das erste, was ich höre. Und Mañuco komm Teresita, sie sollte ehrlich sein, die nackte Wahrheit: merkte sie nicht, wie er sie angaffte? Und sie oh, oh, oh, klatschend, Händchen, Zähne, Schühchen, wir sollten doch schauen, ein Schmetterling! sollten laufen, ihn haschen und ihr bringen. Er mochte sie vielleicht angaffen, das ja, aber wie ein Freund und, außerdem, wie hübsch, die Flügel betastend, Fingerchen, Nägel, Stimmchen, habt ihn umgebracht, den Ärmsten, hatte er zu ihr nie was gesagt. Und sie Märchen, Schwindel, etwas hatte er doch bestimmt gesagt, machte ihr doch wenigstens Komplimente und sie nein, Ehrenwort, würde ihm in ihrem Garten ein Löchlein graben und ihn beerdigen, ein Löckchen, der Hals, die Öhrchen, nie, das schwor sie uns. Und Chingolo merkte sie etwa nicht, wie er ihr nachlief? und Teresita mochte ihr vielleicht nachlaufen, aber als Freund, oh, oh, oh, aufstampfend, Fäustchen, Riesenschusser, war gar nicht tot der Gauner, ist davongeflogen! Taille und Brustwärzchen, denn wenn nicht, würde er sie doch mindestens bei der Hand genommen haben, nicht? besser gesagt es probiert haben, nicht? da ist er, da, wir sollten laufen, oder sich ihr erklärt haben, nicht? und noch einmal sollten ihn packen: er ist eben schüchtern, sagte Lalo, da hast ihn, aber Vorsicht, kriegst

Farbe an die Finger, und weiß nicht, ob du ihn akzeptierst, Teresita, würde sie ihn akzeptieren? und sie ach, ach, Rünzelchen, Stirnchen, habt ihn umgebracht und zerquetscht, ein Grübchen in den Backen, Wimperchen, Augenbrauen, wen? und wir wieso wen? und sie warf ihn besser weg, so wie er war, ganz zerdrückt, wozu sollte sie ihn da begraben: Schülterchen. Cuéllar? und Mañuco ja, war's ihr recht? sie wußte es noch nicht und Choto dann gefiel er ihr also doch, Teresita, war ihr doch recht, und sie das hatte sie nicht gesagt, nur, daß sie's noch nicht wußte, würde sich zeigen, wenn sich die Gelegenheit bot, aber die würde sich sicherlich nicht bieten und wir wetten, daß doch. Und Lalo hielt sie ihn für gut aussehend? und sie, Cuéllar? Ellbogen, Kniechen, ja, war schon ein bißchen gut aussehend, nicht? und wir, siehst du, siehst du, und wie er ihr gefiel! und sie hatte das nicht gesagt, nein, sollten ihr keine Falle stellen, schaut nur, der kleine Schmetterling glänzte zwischen den Geranien im Garten, oder war's ein andres Biest? die Fingerspitze, der Fuß, ein weißer Absatz. Aber warum hatte er diesen Spitznamen, so häßlich, wir waren sehr ungezogen, warum gaben wir ihm keinen netten wie dem Pollo, dem Boby, dem Superman oder dem Conejo Villarán, und wir mochten ihn also, sie mochte ihn also, sah sie's? Er tat ihr leid wegen seines Spitznamens, dann liebte sie ihn also doch, Teresita, und sie liebte ihn? ein wenig, Augen, Kichern, nur wie einen Freund freilich.

Sie stellt sich dumm, sagten wir, aber es gibt keinen

Zweifel, daß ja: Schwänzchen soll sich an sie ranmachen und damit Schluß, wir müssen mit ihm reden. Aber das war schwierig und sie getrauten sich nicht. Und Cuéllar, seinerseits, entschloß sich auch nicht: Tag und Nacht war er hinter ihr her, gaffte sie an, war liebenswürdig zu ihr, verwöhnte sie und wer es in Miraflores nicht wußte, machte sich über ihn lustig, Eierwärmer, sagten sie zu ihm, Blindgänger, Schoßhündchen und die Mädchen sangen »*Wie lang denn noch, wie lang denn noch*«, um ihn zu beschämen und anzuspornen. Da luden wir ihn eines Abends ins ›*Cine Barranco*‹ ein und, beim Rauskommen, Bruderherz, fahren wir an ›*La Herradura*‹ mit deinem mächtigen Ford und er okay, dort würden sie ein paar Flaschen Bier trinken und am Spielautomaten Fußball spielen, dufte. Wir fuhren in seinem mächtigen Ford, der brüllte, in den Kurven schleuderte und am Malecón von Chorillos stoppte uns ein Polyp, wir fuhren mit mehr als hundert, der Herr, Cholito, sei nicht so, durfte doch nicht gleich böse werden, und wollte den Führerschein sehen und sie mußten ihn mit zehn Sol schmieren, Señor? trink ein paar Schnäpse auf unser Wohl, Cholito, man darf doch nicht gleich böse werden, und an ›*La Herradura*‹ stiegen sie aus und setzten sich an einen Tisch in ›*El Nacional*‹: so ein Cholo-Gesocks, Bruderherz, aber die Halbseidene da drüben war gar nicht übel und wie die tanzen, komischer als im Zirkus. Wir tranken zwei ›*Cristales*‹ und sie wagten es nicht, vier und nichts, sechs und Lalo fing an. Ich bin dein Freund Schwänzchen, und der lachte, schon besoffen? und Mañuco wir haben dich sehr gern, Bruderherz, und er, was? lachte, bist du auch ein sentimentaler Säufer? und Chingolo: sie wollten mit ihm reden, Bruderherz, und auch ihm raten. Cuéllar sprach von was andrem, wurde blaß, prostete, ein komisches Paar, die da, nicht wahr? er eine Kaulquappe und sie ein Affenweib, nicht wahr? und Lalo wozu den Unschuldigen spielen, altes Haus, du bist sterblich in Tere verknallt, oder? und er hustete, nieste, und Mañuco, Schwänzchen, sag uns die Wahrheit, ja oder nein? und er lachte, tief traurig und zitternd, man hörte ihn fast nicht: stststerblich verkkkknallt, ja. Noch zwei *›Cristales‹* und Cuéllar wußte nicht, was er ttttun sollte, Choto, was sollte er denn tun? und der 's ihr sagen und er geht doch nicht, Chingolito, wie kann ich's ihr sagen, und der: mit dem Mund, Kumpel, indem du ihr deine Liebe erklärst halt, sie wird ja sagen. Und er darum ging's ja nicht, Mañuco, sagen konnte er's ihr ja aber was danach? Er trank sein Bier aus und die Stimme versagte ihm und Lalo danach war danach, und jetzt mach dich erst mal ran und fertig ist die Laube, wer weiß, vielleicht würde er mit der Zeit geheilt und er, Chotito, und wenn Tere es wußte, wenn's ihr jemand sagte? und wir sie weiß es nicht, sie hatten ihr schon die Beichte abgenommen, sie kommt um vor Sehnsucht nach dir und er kriegte die Stimme wieder zurück, kommt um vor Sehnsucht? und wir ja, und er freilich mit der Zeit kann ich ja geheilt werden, meinten wir wirklich? und sie ja, ja, Schwänzchen, und jedenfalls kannst du so nicht weiter machen, verbiestern, abmagern, dich verbittern: er sollte sich jetzt ein für allemal ranmachen. Und Lalo wie konnte er zweifeln? Er würde's ihr sagen, hätte dann eine Freundin und er was würde er mit ihr tun? und Choto es treiben und Mañuco ihre Hand packen und Chingolo sie küssen und Lalo sie so ein bißchen abknutschen und er und danach? und die Stimme versagte ihm und sie danach? und er danach, wenn sie soweit wären und du heiratest, und er und du und Lalo: wie absurd, wie konntest du an so was jetzt schon denken, und außerdem ist das das Wenigste. Eines Tages würde er sie davonjagen, unter irgendeinem Vorwand Streit suchen und Krach mit ihr haben und auf diese Weise käme alles in Ordnung und er, reden wollend und nicht reden wollend: genau das war's ja, was er nicht wollte, denn, denn er liebte sie. Aber wenig später – schon zehn *›Cristales‹* – Genossen, wir hatten recht, es war das beste: ich werd mich ranmachen, werd eine Zeitlang mit ihr gehen und werd sie dann davonjagen.

Aber die Wochen vergingen und wir wann denn, Schwänzchen, und er morgen, faßte den Entschluß nicht, morgen würde er's tun, Ehrenwort, und litt wie sie's nie zuvor und nie wieder danach sahen, und die Mädchen *»du verlierst bloß Zeit«* sangen ihm den Bolero vor *»Quizás, quizás, quizás«*. Und dann begannen seine Krisen: urplötzlich warf er das Queue im Billardsalon auf den Boden, so red doch mit ihr, Bruderherz! und er fing zu schimpfen an, auf die Flaschen oder auf die Zigarettenstummel, suchte Streit mit jedem oder die Tränen purzelten ihm aus den Augen, morgen, diesmal aber wirklich, beim Leben seiner Mutter, ganz bestimmt: ich erklär mich ihr oder ich bring mich um. *»Und so vergeh'n die Tage, und du bist am Verzweifl'n ...«* und er ging mitten während der Vorstellung aus dem Kino und begann zu wandern, zu rennen, die Avenida Larco entlang, laßt mich, wie ein Pferd das durchgeht, und sie hinterher, haut ab, wollte allein sein, und wir sag's ihr doch, Schwänzchen, gräm dich nicht so, sag's ihr, sag's ihr, *»quizás, quizás, quizás«*. Oder er steckte in *›El Chasqui‹* und soff, einen Haß hatte er, Lalo, bis er völlig blau war, wie weh's tat, Chotito, und sie leisteten ihm Gesellschaft, am liebsten brächt ich die ganze Welt um, Bruderherz! und wir mußten ihn fast tragen bis zur Tür seines Hauses, Schwänzchen, entschließ dich doch, sag's ihr, und die Mädchen morgens und abends *»um alles, was dir lieb ist, wie lang denn noch, wie lang denn noch«*. Die machen ihm das Leben unerträglich, sagten wir, der endet noch als Säufer, Übergeschnappter, Irrsinniger.

So ging der Winter zu Ende, begann ein neuer Sommer und mit der Sonne und der Hitze kam ein Junge aus San Isidro nach Miraflores, der Architektur studierte, einen Pontiac hatte und Schwimmer war: Cachito Arnilla. Er schloß sich der Gruppe an und am Anfang blickten wir ihn scheel an und die Mädchen was machst denn du hier, wer hat denn dich eingeladen, aber Teresita laßt ihn doch, weißes Blüschen, hänselt ihn nicht, Cachito, setz dich hier zu mir, Matrosenmützchen, Bluejeans, ich hab ihn eingeladen. Und wir, Bruderherz, sah er nicht? und er doch, der macht ihr den Hof, Dummkopf, nimmt sie dir weg, komm ihm zuvor oder du bist verloren, und er und wenn schon sollte sie ihm doch wegnehmen und sie war's ihm schon egal? und er wwwar ihm doch egggal und sie liebte er sie nicht mehr? wwwer liebte ddddie schon? Cachito machte sich Ende Januar an Teresita heran und sie sagte ja: armes Schwänzchen, sagten wir, so eine Enttäuschung und über Tere so was von kokett, so eine Gemeine, wie die ihn reingelegt hat. Aber die Mädchen verteidigten sie jetzt: recht hat sie, wer hatte denn Schuld daran wenn nicht er, und Chabuca wie lang hätte die arme Tere denn warten sollen, bis der sich entscheidet? und die China von wegen reingelegt, ganz im Gegenteil, reingelegt hat er sie, sie so lange Zeit ihre Zeit verschwenden lassen und Pusy außerdem war Cachito sehr nett, Fina und sympathisch und gut aussehend und Chabuca und Cuéllar schüchtern und die China ein Waschlappen.

5

Daraufhin nahm Schwanz Cuéllar seine schlechten Gewohnheiten wieder auf. Unglaublich, sagte Lalo, in der Karwoche ist er Wellenreiten gegangen? Und Chingolo: wenn's bloß Wellen gewesen wären, Riesenwellen von fünf Meter waren's, Bruderherz, haushoch, zehn Meter hoch. Und Choto: haben einen irren Krach gemacht, sind bis an die Zelte gekommen, und Chabuca weiter, bis zum Malecón, die Autos auf der Straße sind naß geworden und, klar, niemand hat gebadet. Hatte er es getan, damit Teresita Arrarte ihn sähe? freilich, um ihren Freund zu blamieren? freilich. Selbstverständlich, so als wollte er sagen, schau nur Tere was ich alles anstell und Cachito nichts, so, der ist also ein so guter Schwimmer? im Seichten planscht er herum wie die Frauen und die Kinder, schau nur, wen du da an mir verloren hast, unglaublich.

Warum wird das Meer in der Karwoche wohl so wild? sagte Fina und die China vor Wut, weil die Juden Christus umgebracht haben, und Choto hatten die Juden ihn umgebracht? er hatte immer geglaubt, die Römer, wie dumm. Wir saßen am Malecón, Fina, in Badeanzügen, Choto, die Beine in der Luft, Mañuco, die Riesenwellen brachen, die China, und schwemmten heran und machten unsre Beine naß, Chabuca, wie kalt's war, Pusy, und wie schmutzig, Chingolo, das Wasser schwarz und die Gischt kaffeefarben, Teresita, voller Pflanzen und Malaguas und Cachito Arnilla, und da psst, psst, schaut, da kam Cuéllar. Ob er zu ihnen kam, Teresita? ob er tun würde, als sähe er dich nicht? Er parkte den Ford vor dem Club de Jazz der *›Herradura‹*, stieg aus, trat in *›Las Gaviotas‹* und kam mit der Badehose wieder heraus – eine neue, sagte Choto, eine gelbe, eine Jantzen und Chingolo sogar daran hat er gedacht, hat's so eingerichtet, daß er auffällt, hast gesehen, Lalo? –, ein Handtuch um den Hals wie einen Schal und Sonnenbrille. Er blickte spöttisch auf die verängstigten Badegäste, die sich zwischen dem Malecón und dem Strand zusammendrängten, und betrachtete die übergeschnappten und wütenden Riesenwellen, die den Sand peitschten, und hob die Hand, grüßte uns und kam heran. Grüß dich Cuéllar, so ein Reinfall, was? grüß dich grüß dich, dreinschauend, als verstünde er nicht, wären besser ins Schwimmbad im ›*Regatas*‹ gegangen, was? wieso, dreinschauend, als begriffe er nicht, warum? Und endlich dreinschauend, als ob: wegen der großen Wellen? aber was hatten sie denn, was war ihnen denn (Pusy: der Speichel durch den Mund und das Blut durch die Adern gelaufen, ha ha), wo das Meer doch so dufte war, Teresita Äugchen, sagte er das im Ernst? freilich, großartig, sogar zum Wellenreiten, er machte doch Witze, oder? Händchen und Cachito würde er sich getrauen? und ob, mit oder ohne Gummimatratze, glaubten wir ihm nicht? nein, deswegen lachten wir? hatten sie Angst? tatsächlich? und Tere hatte er keine? nein, würde sich reinwagen? ja, würde wellenreiten? freilich: kleine Aufschreie. Und sie sahen ihn das Handtuch ablegen, Teresita Arrarte ansehen (die wird rot geworden sein, was? sagte Lalo, und Choto, i woher, die und rot werden, und Cachito? ja, der war nervös geworden) und die Stufen des Malecón hinunterrennen und sich mit einem Salto ins Wasser werfen. Und wir sahen ihn ganz schnell den Sog am Strand durchqueren und in Nullkommanichts da ankommen, wo die Wellen sich brachen. Es kam eine Woge heran und er tauchte unter und dann kam er wieder hoch und noch einmal unter und wieder hoch, wie das aussah? Wie ein kleiner Fisch, ein Delphin, ein Ah! ein winziges Aufschreien, wo war er denn? noch eins, schaut doch, ein ferner Arm, da, da. Und sie sahen ihn sich entfernen, verschwinden, auftauchen und kleiner werden, bis er da ankam, wo die Wogen sich aufbäumten, Lalo, soowas von hoch: gewaltig, bebend, türmten sie sich auf und kippten und kippten nicht, Gehüpfe, war er das Weiße da draußen? Unruhe, ja. Er kam hoch, ging unter, kam wieder hoch, verlor sich in der Gischt und den Wellen und wich zurück und schwamm hinaus, wie sah das aus? wie ein Entchen, ein Papierschiffchen, und um ihn besser zu sehen stand Teresita auf, Chabuco, Choto, alle, Cachito ebenfalls, aber wann wollte er denn endlich drauf hereinreiten? Es dauerte eine Weile, aber endlich wagte er es. Er warf sich herum in Richtung Strand und suchte uns und winkte uns und sie winkten ihm zu, mit Taschentüchlein. Er ließ einen vorbei, zwei, und beim dritten Wellenkamm sahen sie zu, stellten sie sich vor, wie er den Kopf hineinsteckte, sich mit einem Arm antrieb, um in die Strömung zu geraten, den Körper steif machte und mit den Füßen trat. Sie packte ihn, er öffnete die Arme, stieg hoch (eine Riesenwelle von acht Metern? sagte Lalo, höher, wie ein Haus? höher, wie der Niagarafall vielleicht? höher, viel höher) und stürzte mit dem Kamm und der Wasserberg verschluckte ihn und die Welle wuchs auf, ist er raus, ist er raus? und näherte sich brüllend wie ein Flugzeug, Gischt speiend, da, habt ihr'n gesehen, ist er das? und endlich fing sie an zu sinken, an Kraft zu verlieren und er tauchte auf, ganz still, und die Welle trug ihn sanft heran, mit Pflanzen behangen, wie lang er die Luft angehalten, so was von Lungen, und setzte ihn auf den Sand ab, unglaublich: hatte uns einen schönen Schrekken eingejagt, Lalo, war ja auch kein Wunder, klar. So fing er also wieder an.

Um die Mitte jenes Jahres, nach den Nationalfeiertagen, fing Cuéllar in der Fabrik seines Alten zu arbeiten an: jetzt wird er sich bessern, sagten sie, wird er wieder ein vernünftiger Junge werden. Daraus wurde aber nichts, im Gegenteil. Um sechs Uhr kam er aus dem Büro und um sieben war er bereits in Miraflores und um halb acht in *›El Chasqui‹*, die Ellbogen auf die Theke gestützt, und soff (ein kleines *›Cristal‹*, einen Capitán) und wartete darauf, daß irgendein Bekannter käme, mit dem er würfeln konnte. Da war er bis spätabends, inmitten von Würfeln, von Zigarettenstummeln überlaufenden Aschenbechern, Spielern und Flaschen eisgekühlten Bieres, und schloß die Abende ab, indem er in die Kabaretts ging, miserable Nachtklubs (ins *›Nacional‹*, ins *›Pingüino‹*, ins *›Olímpico‹*, ins *›Turbillón‹*) oder, wenn er pleite war, indem er sich vollends besoff in allerübelsten Kneipen, wo er als Pfand seine Parker-Pen dalassen konnte, seine Omega-Uhr, seine Armketten aus Gold (Cantinas in Surquillo oder in Porvenir), und mitunter sahen wir ihn am Morgen verschrammt, mit einem blauen Auge, eine Hand verbunden: der ist verschüttgegangen, sagten wir, und die Mädchen seine arme Mutter und wir weißt du, daß er jetzt mit Tunten, Zuhältern und Koksen rumläuft? Aber an Sonnabenden ging er immer mit uns aus. Kam sie nach dem Mittagessen besuchen und, wenn wir nicht zum Hipódromo oder ins Stadion gingen, schlossen sie sich bei Chingolo oder Mañuco ein, um bis zum Abend Poker zu spielen. Dann kehrten wir nach Haus zurück und duschten sich und warfen uns ins Schale und Cuéllar holte sie in dem mächtigen Nash ab, den sein Alter ihm überlassen hatte, als er großjährig wurde, Junge, jetzt war er bereits einundzwanzig Jahre alt, darfst schon wählen und seine Alte, Herzchen, fahr nicht so schnell, sonst verunglückte er eines Tages. Während wir uns beim Chinesen an der Ecke mit einem kleinen Schnaps in Stimmung brachten, sollten sie ins Chifa gehen? unterhielten wir uns, in die Calle Capón? und erzählten sich Witze, oder Schaschlik essen gehen in Bajo el Puente? Schwänzchen kannte die besten, in die Pizzería? kennt ihr den und was hat das Fröschlein gesagt und den vom General und wenn Toñito Mella sich beim Rasieren schnitt, was war dann? kastrierte er sich, ha ha, bei dem Eierkopf, der Arme. Nach dem Essen, schon reichlich lüstern von den Witzen, besuchten wir nacheinander die Puffs, vom Bier, in La Victoria, der Unterhaltung, in der Prolongación Huánuco, der Sillausoße und dem Ají, oder in der Avenida Argentina, oder machten sie ein Ruhepäuschen im *›Embassy‹* oder im *›Ambassador‹*, um von der Bar aus die erste Vorstellung zu sehen und landeten wir gewöhnlich in der Avenida Grau, bei Nanette. Da kommen die Miraflorinos, denn dort kannte man sie, grüß dich Schwänzchen, bei ihren Namen und bei ihren Spitznamen, wie steht's bei dir? und die Horizontalen starben und wir vor Lachen: danke gut. Cuéllar wurde wütend und schimpfte sie manchmal und verschwand, indem er die Tür hinter sich zuknallte, ich komm nicht mehr wieder, aber an anderen Abenden lachte er und machte mit und wartete, indem er tanzte oder mit einer Flasche Bier in der Hand neben dem Plattenspieler saß oder sich mit Nanette unterhielt, sie sollten ihre Nutte aussuchen, wir sollten raufgehen und sie sollten runterkommen: das war aber schnell. Chingolo, sagte er zu ihnen, wie ist's dir denn gegangen oder hast du aber lang gebraucht, Mañuco, oder ich hab dir durchs Schlüsselloch zugeschaut, Choto, du hast ja Haare am Hintern, Lalo. Und an so einem Sonnabend, als sie in den Salon zurückkamen, war Cuéllar nicht da und Nanette auf einmal ist er aufgestanden, hat sein Bier bezahlt und ist hinaus, hat sich nicht einmal verabschiedet. Wir gingen auf die Avenida Grau hinaus und da fanden sie ihn, gegen den Volant des Nash gekauert, zitternd, Bruderherz, was ist denn passiert, und Lalo: er weinte ja. Fühlte er sich nicht wohl, alter Freund? sagten sie zu ihm, hat sich jemand über dich lustig gemacht? und Choto wer hat dich beleidigt? wer, sie würden reingehen und ihn verdreschen und Chingolo hatten die Weiber ihn geärgert? und Mañuco wegen so ner Dummheit würde er doch nicht weinen, oder? Er sollte nicht darauf achten, Schwänzchen, komm, wein nicht, und er umarmte den Volant, seufzte und mit dem Kopf und der heiseren Stimme, nein, schluchzte, nein, hatten ihn nicht geärgert, und trocknete sich die Augen mit seinem Taschentuch, niemand hatte sich lustig gemacht, wer würde es schon wagen. Und sie beruhig dich, Mann, Bruderherz, warum denn das? zuviel gesoffen? nein, war ihm nicht wohl? nein, nichts, fühlte sich wohl, wir klopften ihm auf die Schulter, Mann, altes Haus, Bruderherz, trösteten ihn, Schwänzchen. Sollte sich beruhigen, sollte lachen, den gewaltigen Nash anlassen, fahren wir ein wenig spazieren. Sie würden noch einen letzten saufen in *›El Turbillón‹*, wir kommen gerade noch zur zweiten Vorstellung recht, Schwänzchen, er sollte aufhören und sollte nicht weinen. Cuéllar wurde schließlich wieder ruhig und auf der Avenida 28 de Julio lachte er ja schon wieder, Alter, und plötzlich ein Schluchzen, sprich dich halt aus, was war denn passiert, und er nichts, verdammt noch mal, war eben ein bißchen traurig geworden, sonst nichts, und sie über was denn, wo's Leben doch so dufte war, Genosse, und er über einen Haufen Sachen, und Mañuco über was zum Beispiel, und er darüber, daß die Menschen sich so gegen Gott vergingen zum Beispiel, und Lalo darüber, daß was sagst du? und Choto er meinte, weil sie so viel sündigten? und er ja, das zum Beispiel, wie saudumm, nicht wahr, ja, und auch darüber, daß das Leben so fade war. Und Chingolo wo war's denn fad, Mann, dufte war's, und er weil man die ganze Zeit nur arbeitete oder soff oder sich rumtrieb, alle Tage dasselbe und plötzlich war man alt und starb, verrückt, nicht? ja. Darüber hatte er bei Nanette nachgedacht? vor den Weibern, darüber?

ja, deswegen hatte er geweint? ja, und auch aus Mitleid für die Armen, für die Blinden, die Krüppel, für diese Bettler, die auf dem Jirón de la Unión um Almosen bettelnd herumliefen, und für die Zeitungsjungen, die *›La Crónica‹* verkauften, idiotisch, nicht? und für diese Cholitos, die einem auf der Plaza San Martín die Schuhe putzten, albern, nicht? und wir freilich, wie albern, aber jetzt hatte er sich erholt, oder? klar, dachte er nicht mehr dran? natürlich nicht, dann lach mal, damit man's glaubt, ha ha. Schneller, Schwänzchen, drück auf die Tube, gib Gas, wie spät war's denn, wann begann die Vorstellung denn, wer wußte das, ob wohl die Mulattin aus Kuba noch da war? wie hieß sie gleich, Ana, wie nannten sie die? la Caimana, du, Schwänzchen, beweis uns, daß alles vorbei ist, lach nochmal: ha ha.

6

Als Lalo und Chabuca heirateten, im selben Jahr, da Mañuco und Chingolo das Ingenieursdiplom erhielten, hatte Cuéllar schon mehrere Unfälle hinter sich und sein Volvo sah immer verbeult, übermalt, die Scheiben verschrammt aus. Du kommst noch um, Herzchen, laß diesen Irrsinn und sein Alter das war doch die Höhe, Junge, wann würde er sich endlich bessern, noch so einen Streich und er würde ihm keinen Centavo mehr geben, er sollte sich zusammenreißen und sein Betragen bessern, wenn nicht um deinetwillen, dann deiner Mutter zuliebe, das sagte er ihm zu seinem eigenen Besten. Und wir: du bist schon zu groß, um dich noch mit Rotznasen herumzutreiben, Schwänzchen. Denn darauf war er jetzt verfallen. Die Nächte verbrachte er nach wie vor beim Spiel mit den Nachtschwärmern in ›*El Chasqui*‹ oder in ›*D'Onofrio*‹, oder indem er mit den Homos, den Gaunern im ›*Haiti*‹ ratschte oder soff (wann arbeitet er denn? sagten wir, oder ist das mit der Arbeit nur Schwindel?), aber untertags vagabundierte er von einem Barrio in Miraflores zum andern, und man sah ihn an den Ecken stehen, wie James Dean gekleidet (enge Bluejeans, bunte Hemdchen, offen vom Kragen bis zum Nabel, auf der Brust ein Goldkettchen, das zwischen den Härchen baumelte sich verhedderte, weiße Mokassins), Kreisel peitschen mit den Cocacola-Bubis, in einer Garage Fußball spielen, Mundharmonika blasen. Sein Wagen war immer vollgepfropft mit dreizehn, vierzehn, fünfzehn Jahre alten Halbstarken, und an Sonntagen tauchte er im ›*Waikiki*‹ auf (schreib mich ein, Papa, Surfboard war der beste Sport, um nicht dick zu werden und er selber könnte dann auch hingehen, wenn die Sonne schien, zum Mittagessen, mit der Alten, gleich am Meer), einen Schwarm von Lausbengeln im Gefolge, schaut nur, schaut nur, da kommt er, wie süß, und in welch anregender Begleitung er kam, so was von frech: einen nach dem andern hob er auf sein Surfboard und glitt mit ihnen hinaus bis jenseits der Linie, wo die Wellen brachen. Er brachte ihnen bei, wie man den Volvo chauffierte, brüstete sich vor ihnen, indem er auf dem Malecón auf zwei Rädern Kurven fuhr und nahm sie ins Stadion mit, zum Catchascan, zu den Stierkämpfen, zu den Pferderennen, ins Bowling, zum Boxen. Jetzt ist's soweit, sagten wir, war fatal: schwul. Und auch: was blieb ihm schon andres übrig, war ja verständlich, man vergab es ihm, aber, Bruderherz, es wird jeden Tag peinlicher, sich mit ihm sehen zu lassen, auf der Straße starrten ihm die Leute nach, flöteten ihm zu und deuteten auf ihn, und Choto dir ist's ja sehr wichtig das »was werden die Leute sagen«, und Mañuco sie klatschten über ihn und Lalo wenn sie uns oft mit ihm sehen und Chingolo halten sie dich auch für einen.

Eine Zeitlang widmete er sich dem Sport und sie das macht er in erster Linie, um aufzufallen: Schwänzchen Cuéllar, der Rennfahrer, so wie früher das Wellenreiten. Er nahm am Rennen von Atocongo teil und wurde Dritter. In *›La Crónica‹* und *›El Comercio‹* war ein Foto von ihm, wie er dem Sieger gratulierte, Arnaldo Alvarado war der Beste, erklärte Cuéllar, der ehrenhafte Verlierer. Aber noch berühmter wurde er kurz danach, als er ein Wettrennen im Morgengrauen austrug, von der Plaza San Martín bis zum Parque Salazar, mit Quique Ganoza, letzterer mit dem Verkehr, Schwänzchen gegen den Verkehr. Die Streifenwagen verfolgten ihn von der Javier Prado an, erwischten ihn erst auf der Dos de Mayo, wie der gerast sein muß. Er verbrachte einen Tag in der Comisaría und jetzt ist's wohl soweit, sagten wir, dieser Skandal wird ihn wohl abschrecken und ihn eines bessern belehren? Aber ein paar Wochen später hatte er seinen ersten schlimmen Unfall, als er die Fahrt des Todes probierte – die

Hände an den Volant gebunden, die Augen hinter einer Binde – auf der Avenida Angamos. Und den zweiten drei Monate danach, in der Nacht, da wir den Polterabend für Lalo hatten. Schluß jetzt, laß die Kindereien, sagte Chingolo, halt jetzt sofort an, denn sie waren schon zu groß für solche Witzchen und wir wollten aussteigen. Aber er ausgeschlossen, was hatten wir denn, kein Vertrauen auf den Meisterfahrer? schon so schrecklich alt und immer noch so viel Angst? ihr werdet doch nicht in die Hose machen, wo war eine Ecke mit Wasser, damit er eine schlitternde Kurve fahren konnte? Er war außer Rand und Band und sie konnten ihn nicht abhalten, Cuéllar, altes Haus, jetzt reicht es aber, fahr uns nach Haus, und Lalo morgen würde er heiraten, wollte sich nicht im letzten Augenblick noch das Genick brechen, sei nicht so rücksichtslos, er sollte nicht auf die Trottoirs fahren, fahr mit so 'ner Geschwindigkeit nichts durchs rote Licht, sollte ihnen nicht auf die Nerven gehen. In der Alcanfores stieß er mit einem Taxi zusammen und Lalo passierte nichts, aber Mañuco und Choto hatten geschwollene Gesichter und er selber drei gebrochene Rippen. Wir stritten und einige Zeit danach rief er sie an und wir vertrugen uns wieder und sie gingen zusammen zum Essen aber diesmal war etwas schiefgegangen zwischen ihnen und ihm und es wurde nie wieder wie vorher.

Von da an sahen wir uns wenig und als Mañuco heiratete, schickte er ihm die Vermählungsanzeige ohne Einladung, und er kam nicht zum Polterabend und als Chingolo aus den Vereinigten Staaten zurückkam, verheiratet mit einer hübschen Gringa und mit zwei kleinen Kindern, die kaum Spanisch konnten, war Cuéllar schon in die Montaña gegangen, nach Tingo María, um Kaffee zu pflanzen, sagten sie, und wenn er nach Lima kam und sie ihm auf der Straße begegneten, grüßten wir ihn kaum, wie geht's Cholo, was machst du Schwänzchen, was gibt's Neues Alter, so halt, Servus, und er war schon wieder nach Miraflores zurückgekommen, verrückter denn je zuvor, und er hatte sich schon umgebracht, auf dem Weg nach dem Norden, wie? in einem Zusammenstoß, wo? in den üblen Kurven von Pasamayo, der Arme, sagten wir bei der Beerdigung, wie er gelitten hat, so ein Leben, aber dieses Ende ist etwas, das er selbst gesucht hat.

Sie waren schon ganze Männer und wir hatten alle Frau, Auto, Kinder, die im Champagnat studierten, in der Inmaculada oder im Santa María, und bauten sich ein Sommerhäuschen in Ancón, Santa Rosa oder an den Stränden im Süden, und wir fingen an, dick zu werden und graue Haare zu kriegen, Bäuchlein, schlaffe Körper, und beim Lesen Brille zu benutzen, sich nach dem Essen und dem Trinken unwohl zu fühlen und auf ihrer Haut tauchten bereits da und dort kleine Flecke auf, gewisse Fältchen.

Erläuterungen

Es werden im folgenden nur solche Termini erläutert, deren Bedeutung nicht aus dem jeweiligen Zusammenhang oder aus dem Zusammenhang der ganzen Story ersichtlich wird. Um die Erläuterungen nicht zu umfangreich zu gestalten. seien hier einige allgemeine Informationen vorweggenommen.

Diminutive: Ihre Funktion im Spanischen, ganz besonders im Hispanoamerikanischen, ist vielfältig. Sie bedeuten weniger eine Verniedlichung als eine affektive Betrachtung der jeweiligen Umstände, Personen oder Gegenstände. So mag man hören, jemand sei schon *en la mañanita* aufgestanden, also etwa »ganz, ganz früh am Morgen« statt »früh morgens« etc. In einigen Regionen Perús werden Diminutive ungewöhnlich häufig benutzt – etwa im Norden oder auch in Lima, vor allem aber unter den Bewohnern der Sierra, also den Indios und *serranos*. Diminutive sind dabei keineswegs Substantiven vorbehalten: *hasta luegito* etwa (statt *hasta luego)*, was approximativ so etwas wie »bis nachherchen« oder »bis späterchen« wäre, drückt Freundschaftlichkeit, Zuneigung des Sprechers dem gegenüber aus, zu dem er es sagt.

Augmentative: Für sie gilt, in umgekehrtem Sinn, was eben über die Diminutive gesagt wurde. Mitunter jedoch kann ein Augmentativ auch benutzt werden, um bewundernd irgendwelche Qualitäten hervorzuheben: *Zambona* etwa ist also eine Frau (mit vorwiegend negroiden Zügen), deren Charaktereigenschaften oder physische Vorzüge hervorgehoben werden sollen. Typische Augmentative: *-ote, -a; -ón, -ona.*

Cholo, -a: Die Etymologie dieses Terminus ist umstritten; er wird in Ecuador, Bolivien und Perú – auch noch in Chile – angewandt auf das, was man die Abkömmlinge aus Ehen zwischen den Inkauntertanen und den spanischen Eroberern nennt; man appliziert den Terminus aber auch auf die untersten sozialen Klassen im allgemeinen (da sie eben wie Cholos aussehen) und besonders auf die Indios, die streng gesprochen keine Cholos sind. Häufig wird der Terminus als Kosename benutzt, dann gerne im Diminutiv: *Cholito, Cholita,* aber auch verächtlich im Sinne von naiv und dumm. – Wenn in »Schwanz Cuéllar« die Freundinnen der vier Cuéllar-Satelliten diesem Cuéllar vorhalten, er treibe sich lieber mit »Chola-Schlampen« herum, so verweist das auf einen in Perú, besonders aber in Lima üblichen Brauch der Söhne aus besseren Familien, ihre erotischen Abenteuer und Verhältnisse an Dienstmädchen, Verkäuferinnen – kurzum: an Mädchen der untersten Schichten auszuprobieren und, bis zur Heirat mit einem sogenannten »anständigen Mädchen« (meistens weiß und reich), fortzuführen.

Gringo, -a: Dieser Terminus, der sogar in Europa hinreichend bekannt ist, hat mit der Ethnologie Perús, *stricto sensu,* nichts mehr zu tun. Im allgemeinen hassen Peruaner (und Südamerikaner) die *Gringos,* was meistens darauf zurückzuführen ist, daß *Gringos* in südamerikanischen Ländern die ökonomisch entscheidenden Einflüsse haben oder hatten. Selbstverständlich handelt es sich in erster Linie um Nordamerikaner (USA). Die USA zählen in Südamerika – ob zu Recht oder zu Unrecht, sei dahingestellt – zu den meist gehaßten und gefürchteten Ländern. Abgesehen von der politischen Konnotation hat *Gringo* ganz einfach die: blond, weiß, blauäugig und groß, was also auch Deutsche, Schweden und so weiter einschließen würde. Die Etymologie des Terminus ist seit Jahrzehnten umstritten.

Aji: Scharfes Gewürz

Bajo el Puente: Ein Stadtteil Limas (wörtlich: »Unterhalb der Brücke«), der jenseits des Rimac-Flusses liegt und wo vor allem *Zambos* wohnen. Einige der besten *criollo* Restaurants befinden sich dort.

Berlina: Ein Kinderspiel. Der Autor selbst schrieb mir hierzu: »Einer der Mitspielenden geht hinaus, und die anderen einigen sich auf einen Satz, zum Beispiel auf ›Am Haar ziehen‹. Derjenige, der hinausgegangen ist (er ist ›in der Berlina‹), kommt wieder herein, und die anderen fragen ihn: ›Rate, wie oft.‹ Der ›in der Berlina‹ antwortet: ›Dreimal.‹ . . . ›Rate, mit wem.‹ . . . ›Mit Lalita.‹ Und jetzt muß er dreimal Lalitas Haar ziehen. (Ein Spiel voller erotischer Möglichkeiten).« (Brief, 24. 5. 1967).

Chifa, -s: Ein chinesisches Restaurant. Calle Capón (Capón-Straße), Straße der Chifas.
›Cristal‹: Eine der peruanischen Biersorten. Die Bierherstellung lag bis vor wenigen Jahren in Perú hauptsächlich in den Händen deutscher Braumeister. Noch heute ist das peruanische Bier besser als selbst die meisten deutschen Biersorten. Es ist immer helles Bier.
Fulbito: Eine in Südamerika weitverbreitete Abart des Fußballspiels. Beide Parteien spielen dabei auch oft auf nur ein Tor zu.
Malaguas: (Wörtlich: schlechtes, krankes Wasser): eine Art Qualle. Sie sieht gallertartig aus, wie geronnenes Wasser, und pflegt zu bestimmten Jahreszeiten in ungeheuren Mengen an der Küste aufzutauchen. Wenn ein *Malaguas* die Haut berührt, brennt das sehr empfindlich.
Miraflores, San Isidro: Stadtteile von Lima, sogenannte *Barrios.* Im umgangssprachlichen Gebrauch wird *Barrio* aber auch benutzt, um die mehr oder weniger unmittelbare Umgebung der eigenen Wohnung oder des eigenen Wohnhauses zu bezeichnen. *Miraflores* und *San Isidro* – zwei der vornehmeren Viertel Limas – können also aus mehreren *Barrios* bestehen. Die Herkunft aus einem der beiden Stadtteile, besonders aus letzterem, gibt meistens auch Aufschluß über die soziale Stellung des (mit *Miraflorino*) Bezeichneten: gehobene Mittelklasse.
Quizás (auch *quizá*)*:* Vielleicht. Das Lied ist auch in Deutschland bekannt.
Uniform: Laut peruanischem Gesetz müssen Schüler *uniformes escolares* (Schüleruniformen) tragen. Je eleganter und teurer die Schule, um so kleidsamer und attraktiver die Uniform, besonders bei Mädchen. Die Frage der Jungen, ob die Mädchen gerade von der ersten Kommunion kämen, bezieht sich auf die weißen Schuluniformen der Schülerinnen des Colegio Villa María, die den Kommunionskleidern ähneln.
An zwei oder drei Stellen war es aus syntaktisch-formalen Gründen nötig, die spanischen Formulierungen in »Schwanz Cuéllar« geringfügig zu modifizieren. Diese Änderungen wurden mit dem Einverständnis des Autors vorgenommen.

Wolfgang A. Luchting

[Nachwort von José Miguel Oviedo]

Als Mario Vargas Llosa *Das grüne Haus* beendet und die Arbeit an seinem dritten Roman *Gespräch in der Kathedrale* noch nicht begonnen hatte, entschloß er sich, eine Geschichte niederzuschreiben, die ihn seit langer Zeit beschäftigte: wieder einmal alte Erinnerungen aus Lima, wieder einmal über Schüler aus der Mittelschicht, wieder einmal die untrennbare Mischung von Wirklichkeit und Phantasie. Die erste Fassung entstand zwischen Juni und Dezember 1965; die definitive Ende 1966 in London. Aus der Geschichte wurde eine lange Erzählung (oder ein kurzer Roman, wenn man die strukturelle Spannung stärker als die Proportionen berücksichtigt). Sie sollte *Schwanz Cuéllar* heißen, ein für den peruanischen Leser brutaler und provozierender Titel (das Wort *pichula* [Schwanz] bezeichnet das männliche Sexualorgan und darf nicht ausgesprochen, erst recht nicht publiziert werden). Aber schließlich fand sie einen freundlicheren Namen: *Die kleinen Hunde (Schwanz Cuéllar* wurde diskreter Untertitel in der Originalausgabe 1967). Obwohl das Buch nur eine kleinere Arbeit inmitten der Romane darstellt, wie der Autor selbst zugibt, kann es auf keinen Fall als literarisch sekundär angesehen werden. Und dies nicht nur, weil die Geschichte eine bemerkenswerte Einheitlichkeit aufweist – gleichzeitig ein Teil und ein Ganzes ist, das sich der Romanwelt von Vargas Llosa hinzufügt – oder weil der Autor die verklemmte und triviale

Psychologie des Protagonisten zeichnet und sie mit einer scharfsinnigen Karikatur der peruanischen Jugend abrundet, sondern vor allem, weil *Die kleinen Hunde* eine neue Krönung seiner technischen Meisterschaft bedeuten, eine Etappe formalen Experimentierens, die die erzähltechnischen Verfahren, mit denen er uns schon zuvor in Staunen setzte, zu neuen Extremen führt.

Atmosphäre und Thematik stellen das Buch *Die kleinen Hunde* in enge Nähe zu den Erzählungen *Los jefes* (Chefs) und dem Roman *Die Stadt und die Hunde*, aber dem Stil nach leitet es sich von *Das grüne Haus* her, und vielleicht hätte es nicht vor jenem Roman entstehen können. Mit *Das grüne Haus* näherte sich Vargas Llosa dem ›totalen Roman‹ (novela total), der für ihn die höchste Form der literarischen Darstellung des Lebens selbst bedeutet. *Die kleinen Hunde* verwirklichen auf ihre Weise und anderer Ebene den neuen Versuch, einen Mikrokosmos zusammenzufassen – den der Jugend in Miraflores, der Welt Albertos aus *Die Stadt und die Hunde* – und diese multidimensionale Momentaufnahme wie eine Metapher, wie eine Allegorie, wie eine tragikomische Vision der peruanischen Gesellschaft vorzutragen. Wie es bei dem Autor häufiger geschieht, entnimmt er der Realität die unglaublichsten, die schrecklichsten Fakten: hier einen Jungen, der von einem Hund entmannt wurde. Es handelt sich um ein Geschehen, das sich irgendwo in Peru ereignete und das Vargas Llosa vor Jahren in einer Zeitungsnotiz las. Das Ereignis war entsetzlich, aber aus literarischer Sicht eigentlich unbrauchbar, besser gesagt, in gewisser Weise schon von Hemingway in *The sun also rises* benutzt worden. Allmählich verwandelte sich das Thema zu einer fixen Idee für den Autor und fand seine eigene Form. Auf dieser schmalen Basis wird ein Protagonist – gleichzeitig Opfer – neu geschaffen und in das Zentrum der Geschichte gestellt. Vargas Llosa umgibt ihn mit Gestalten, Erinnerungen und Anekdoten, die aus einer Atmosphäre oder Epoche stammen, sich – wie eine unveränderliche Vision – zu verschwinden weigern und seine fieberhafte Vorstellungskraft und seine schöpferische Energie unaufhörlich nähren: das Leben in der Schule, eine Etappe, die gleichzeitig melancholische, verlorene Zeit und Reife bedeutet. Vargas Llosa kehrt auf den eigenen Spuren zurück und findet seine geliebten Helden: die Jugendlichen der Kleinbourgeosie Limas, die die Schule ›Champagnat‹ von Miraflores besuchen.

Es handelt sich um eine Schule ähnlich ›La Salle‹, der Schule, die der Autor besuchte und die in einer relativ bescheidenen Zone Limas lag, wie es in *Die Stadt und die Hunde* heißt: ›La Salle liegt im Herzen von Breña, wo es von Arbeitern und Mischlingen wimmelt, obwohl es eine Schule für anständige Kinder ist.‹ Er selbst lebte hingegen in dem angenehmen Miraflores, in der Nähe von ›Champagnat‹, wo diese Geschichte spielt. Er hat demnach *erlebte* Erinnerungen aus La Salle und *gesehene* Szenen aus der Umgebung von Champagnat mit der Anekdote verschmolzen, die er in der Zeitung *gelesen* hatte. In Streifzügen ihrer Banden durch die Straßen und Kinos des Vororts, in den Billard- und Spielsälen, ihren Festen und ihren prahlerischen Liebschaften bezeugen diese Jungen dem *Machismus* und auch der grundlosen *Violencia* (Gewalttätigkeit) ihren Kult, erfinden sich einen Lebenskodex, der provisorisch die Leere ihrer gesellschaftlichen Nicht-Anpassung füllt. Um die geschlossene Mauer ihrer familiären Prägung und traditionellen Erziehung (beide legen eine recht unschuldige, einfältige Vorstellung von ihnen zugrunde) zu überwinden, nehmen sie schreckliche Masken an, rivalisieren sie mit der Welt der Erwachsenen, belügen sich, um das zu werden, was sie wünschen und stellen schließlich eine Meute von Schwindlern dar, eignen sich widerrechtlich große Rollen an und wandeln sich zu frenetischen Heuchlern, die wir im höllischen Gymnasium *Leoncio Prado* des ersten Romans vorfanden. Die tiefe Identifikation der Personen von Vargas Llosa mit den Formen der Violencia und der physischen Brutalität kann auch an der stählernen Hierarchie (oft schon zoologisch) aufgezeigt werden, denen die eigenen Namen unterworfen werden: Chefs, Sklaven, Hunde, der Jaguar, die Boa, die Selvática (Urwaldbewohnerin, Wilde), die Unbezwingbaren. Jetzt werden dieser Liste die ›kleinen Hunde‹ hinzugefügt, diese guterzogenen, wohlbehüteten Kinder, verkleidet als Choleriker, in deren Mitte sich die Gestalt mit dem verwegenen Spitznamen »Schwanz Cuéllar« einzugliedern bemüht. Cuéllar versucht – was der *Sklave* in *Die Stadt und die Hunde* nicht versuchte –: die mimetische Angleichung an den Kreis der *Chefs* (Choto, Chingolo, Mañuco, Lalo), die Befehle auferlegen und Prestige verleihen, ohne jedoch die Fähigkeit zu besitzen, die eine solche Anpassung voraussetzt. Das erklärt, warum seiner Geschichte dieser Geschmack zwischen Lächerlichkeit und Traurigkeit anhaftet und sie wie ein peinliches Mißverständnis erscheint.

Etwas Schreckliches, aber auch Komisches liegt in diesen ›kleinen Hunden‹ aus Miraflores; etwas begeistert und frustriert sie. Der Fall Cuéllars ist schärfer und innerhalb des Abkommens des Clans unheilbar. Ein physisches Hindernis verbietet ihm die Teilnahme an den Riten des Machismus: er wurde kastriert, im Zentrum seiner Männlichkeit verletzt. Um diese Tatsache herum baut sich die Erzählung fast wie eine didaktische Darlegung des schnellen Aufstiegs und langsamen Falls eines unmöglichen Helden. In rascher Folge zeigen sich die Schlüsselereignisse im Leben der »kleinen Hunde« vom Ende der Kindheit bis zum Beginn des reifen Mannesalters (ungefähr vom achten Jahr an bis in die Dreißiger). Der Prozeß teilt sich in sechs Etappen:

1. Erfolgreiche Eingliederung in die Gruppe und Kastration von Cuéllar.
2. Ursprung des Spitznamens und heiterer Ruhm des Protagonisten.
3. Erste Krise: Unfähigkeit zur Anpassung, Schüchternheit und Fehlschlag seiner Verteidigungstaktiken.

4. Endgültige Krise: Verliebtheit und Unmöglichkeit, Teresita eine Liebeserklärung zu machen.
5. Tiefe innere Labilität und exhibitionistischer Machismus.
6. Infantilismus, Trennung von der Gruppe und Tod des Protagonisten.

Seit seinem Eintritt in die Schule hat Cuéllar die allgemeine Bewunderung der Mitschüler gewonnen: er ist fleißig und vor allen Dingen geschickter Fußballspieler. Er schafft es, den Druck der Gruppe zu überleben und erweist sich sogar als ihr Führer. Wichtig ist die Feststellung, daß seine Entmannung ihm zunächst nicht die allgemeine Wertschätzung entzieht; im Gegenteil wird sie ein Grund mehr, um ihm Solidarität zu beweisen. Auf absurde Weise rächen sie ihn sogar an dem Hund, der ihn kastrierte: ›Sie wir rächten ihn, Cuéllar, in jeder Pause ein Steinwurf nach dem anderen gegen den Käfig von Judas und er gut so, bald bleibt dem Schuft kein heiles Bein‹. Der Unfall, tragisch in sich selbst, öffnet Cuéllar die Türen zu einem völlig unterschiedlichen Leben von dem der Gruppe, das vielleicht weniger ins Auge fällt, vielleicht authentischer ist. Die physische Verminderung, die ihn vom ephemeren sportlichen Ruhm entfernen müßte, schmiedet ihn nur noch fester daran; der muskuläre Wahnsinn führt zur Entfremdung: ›seltsam, anstatt vom Fußball geheilt zu sein (war's nicht, in gewisser Weise, wegen des Fußballspielens, daß Judas ihn gebissen hatte?), kam er als größerer Sportler denn je‹. Cuéllar will nämlich nicht auf die kollektive Lüge verzichten, und

›einer von der Gruppe sein‹ bedeutet eine nahezu berufliche Anstrengung für ihn: um den Machismus zu pflegen, muß sich der kastrierte Cuéllar eine Fiktion zweiten Grades aneignen (vorgeben, daß er nicht wirklich kastriert ist; vorgeben, daß er die Männlichkeit der anderen vorgeben kann). Gesellig, charakterschwach, Narr seines eigenen Dramas: so wandelt Cuéllar das erlittene Unglück in einen faden Quell von Privilegien: seine Eltern verwöhnen ihn wie ein zartes Mädchen, die Lehrer sind nachsichtig, die Freunde beneiden ihn eindeutig. Die Kastration gewinnt in den Augen der anderen einen positiven Aspekt und scheint sogar (welch eisiger Sarkasmus) wünschenswert: ›Seit dem Unfall tun sie dir schön, sagten wir zu ihm, hast keine Ahnung von Brüchen gehabt und, so was, haben dir sechzehn gegeben.... So schön müßte man's haben, sagte Choto, ein Leben führst du, schade, daß Judas nicht auch uns gebissen hat ...‹

Das Leben des Protagonisten gleitet wie eine mittelmäßige und groteske Schnulze dahin, deren bleibende Falschheit Cuéllar daran hindert, sich über Cuéllar bewußt zu werden: die Judasarbeit wird vervollständigt durch die Freunde und durch das gesellschaftliche Milieu, in dem sich seine Persönlichkeit entfaltet. Die physische Kastration wird im Kontext der Geschichte unwichtiger als die systematische Kastration und progressive Entfremdung durch die Gruppe; es sind ›die Bisse des Nächsten‹[1], wie Mario Benedetti sagt, die ihn wirklich zerstören. Wichtig ist die Feststellung, daß der Protagonist nie allein auftritt: er ist eine Art Ausstrahlung der Bande, das ungeschützte Objekt ihrer Blicke. Er entbehrt praktisch des eigenen Lebens: kennt keine Reflexion, keine Selbsterkenntnis. Obwohl es unglaublich erscheint, nimmt er voll Sympathie den Spitznamen an, der zu seiner Demütigung und gesellschaftlichen Vernichtung geschaffen wurde. In gräßlicher Umkehrung des Machismus-Kodex fügt sich der Protagonist selbst die Beleidigung als Lob zu: ›und in der Ersten der Oberstufe hatte er sich so sehr daran gewöhnt, daß er sogar, wenn jemand Cuéllar zu ihm sagte, ernst wurde und mißtrauisch guckte, als zweifelte er, sollte das ein Witz sein? Streckte sogar neuen Freunden die Hand hin und sagte freut mich, Schwanz Cuéllar zu deinen Diensten.‹

Mit dem ungestümen Anfang der Pubertät zeigt die Fiktion Cuéllars ihre ersten Risse: während die Gefährten von Sport und bloßem Herumstrolchen zu den ersten Liebschaften und den Geburtstagsparties überwechseln, während ihr Alter neue Interessen aufkommen läßt, verharrt Cuéllar emotionell unverändert und nimmt am gesellschaftlichen Umgang mit den Mädchen nicht teil. Er kann keine Freundin finden, vielleicht weil dies eine rein persönliche Begegnung bedeutet, in der das Prestige als Sportskanone nicht mehr zählt. Sein beginnender Erotismus manifestiert sich in voyeuristischen Handlungen (›wir sahen ihn in der Dunkelheit im Parkett, in den letzten Reihen sitzen, verstohlen die Paare beobachten, die's trieben‹) und öfter noch in lächerlichen Gesten von Draufgängertum oder Geringschätzung der gelten-

den Normen (er streitet sich mit Lalo, weil jener eine Freundin hat; er betrinkt sich und verhält sich unpassend auf Parties; er fährt Wettrennen in seinem Auto usw.). Gleichsam ein neues Anzeichen seiner sinkenden Wertschätzung und seiner Zurückstellung in der Gruppe ist, daß Cuéllar anfängt zu stottern und sich unter seiner Maske zu betrügen. Die Gruppe unterwirft ihn einer neuen und letzten Prüfung: seine Liebeserklärung an Teresita Arrarte, das Mädchen, in das sich Cuéllar ernsthaft verliebt hat. Er kann die Herausforderung nicht bestehen und obgleich er neue Verkleidungen sucht, um die Reichweite seiner Impotenz zu verheimlichen (er wird wieder gesellig, bestätigt seine ›Normalisierung‹ durch eine Operation, bekundet vages ›intellektuelles‹ Interesse für Politik, Religion, Spiritismus, Berufsleben)[2], wird sein Fehlschlag offenkundig, als Cachito Arnilla ihn bei Teresita ersetzt. Die Schande von Cuéllar ist allgemein und die Strafe unversöhnlich: ›Aber die Mädchen verteidigten sie jetzt: recht hat sie, wer hatte denn Schuld daran wenn nicht er, und Chabuca wie lange hätte die arme Tere denn warten sollen, bis der sich entscheidet? und die China von wegen reingelegt, ganz im Gegenteil, reingelegt hat er sie, sie so lange Zeit ihre Zeit verschwenden lassen und Pussy außerdem war Cachito sehr nett, Fina und sympathisch und gut aussehend und Chabuca und Cuéllar schüchtern und die China ein Waschlappen.‹
So stürzt der Protagonist in den Abgrund des Infantilismus: während seine alte Gruppe sich in Verlöbnis, Universität und Berufsleben auflöst, lebt

Cuéllar zur Unzeit, auf der Jagd nach schon bewältigten Emotionen. Auf das Gerede der Leute antwortet er mit einer wirkungslosen Umkehrung der klassischen Etappen des Machismus: er besucht Bordelle und Bars, stellt sich aus Trotz zur Schau und treibt bei stürmischer See surfing (Wellenreiten), verbindet sich mit Jünglingen: ›Sein Wagen war immer vollgepfropft mit dreizehn, vierzehn, fünfzehn Jahre alten Halbstarken, und an Sonntagen tauchte er im *Waikiki* auf (schreib mich ein, Papa, Surfboard war der beste Sport, um nicht dick zu werden und er selber könnte dann auch hingehen, wenn die Sonne schien, zum Mittagessen, mit der Alten, gleich am Meer), einen Schwarm von Lausbengeln im Gefolge, schaut nur, schaut nur, da kommt er ...‹ Seine unmäßige und nutzlose Angeberei läßt ihn allein zurück – ›jedes Mal wird es schwieriger mit ihm zu sein‹ – bis er an einen toten Punkt gelangt, an dem die Rückkehr unmöglich wird. Eines Tages stirbt er einen anonymen Tod auf der Autobahn, und der Ausklang seines Schicksals verleitet seine Freunde nur zu einem ausweichenden und konformistischen Kommentar: ›der Arme, sagten wir bei der Beerdigung, wie er gelitten hat, so ein Leben, aber dieses Ende ist etwas, das er selbst gesucht hat‹.

Fast alle Leser und Kritiker haben vorgezogen, diese Erzählung nicht als realistische Episode zu lesen, sondern als symbolische Übertragung der anekdotischen Elemente. Welches ist die innere Geschichte, die der Autor in *Die kleinen Hunde* erzählen will? Die ›Parabel der sozialen Integration‹[3], herausgelöst aus jeder veristischen Verpflichtung, wie Julio Ortega behauptet? Liegt, wie Alfonso La Terre glaubt[4], ihr Ziel darin, die ›religiöse Erziehung bloßzustellen, die die ganze Generation, auf die Vargas Llosa anspielt (d. h. auf die eigene), kastriert hat?‹ Oder stehen wir vielleicht vor ›einer Parabel des Schicksals, dem ein Künstler in Lateinamerika ausgesetzt ist‹, wie W. A. Luchting vorschlägt?[5] Oder ist es eine psychoanalytische Erklärung des Kastrationskomplexes? Man könnte sich auch fragen, ob diese perspektivische Verkürzung uns nicht vielleicht sagt, daß *jede* Etappe im Heranwachsen des Individuums eine Kastration, eine Deformation ist; daß die Jugend (wie schon im ersten Roman gezeigt wird) keine goldenen Jahre, sondern ein grauenvolles Feuermal bedeutet, das der Erwachsene für immer mit sich trägt. Die Antwort ist vieldeutig, weil die Erzählung es ebenfalls ist: der Autor hat mit *Die kleinen Hunde* seine im höchsten Maße mehrdeutige und bestürzende Erzählung geschrieben. Zweifellos ist die These von Luchting – das Werk als Bild des jugendlichen Künstlers – sehr verwegen und verlockend, aber sowohl sie wie auch die anderen haben den Nachteil, die Erzählung nur auf die symbolische Ebene festzulegen. Das Werk hat jedoch auch eine – und zwar sehr wirksame – direkt realistische Dimension. Und diese sollte man nicht nur in Rechnung stellen, sondern muß man zunächst einmal prüfen.

Im Licht seiner früheren Bücher zeigt sich *Die kleinen Hunde* wie eine Art weitere Schraubendrehung um die Thematik des Machismus. Vargas Llosa scheint jetzt die komische Seite der Sache aufzeigen zu wollen, die Lüge dieses Dramas; daher wirkt *Die kleinen Hunde* wie ein parodistisches Buch, ein burlesker Pinselstrich in dem gewöhnlich angsterfüllten und rauhen Bild der Welt der Jugendlichen. Die Geschichte von Schwanz Cuéllar wird gedämpft erzählt, bewußt auf einer dramatischen Ebene gehalten, die unterhalb des Möglichen liegt: die Grausamkeit läuft in groteske Heiterkeit aus. Das ist eine fast absolute Neuerung im bisherigen Werk von Vargas Llosa, das sich besonders durch das Fehlen von Humor (und durch das Fehlen von Gott) charakterisierte. ›Ich war dem Humor in der Literatur immer völlig unzugänglich‹, hat er Luis Harss erklärt. ›Er verkühlt, vereist. Der Humor ist interessant, wenn er Manifestation der Rebellion ist: der unverschämte, beizende Humor eines Céline. Er kann eine Art Stoßdämpfer sein. Aber im allgemeinen ist er unrealistisch. Die Wirklichkeit widerspricht dem Humor‹[6]. Und Sara Blackburn konnte behaupten, daß *Das grüne Haus* Werk eines Autors sei ›whose sense of humor has been eroded over the years – an aged Faulkner, but without the wit‹[7]. Wir haben gesagt, daß der Autor das Leben Cuéllars wie eine Schnulze darstellt; diese Eigenschaft seiner imaginären Biographie breitet sich über die ganze Erzählung aus und nähert sie den Erzählformen des *comic strip* an: die Konzentration des Erzählvorgangs auf Szenen leichter Erkennbarkeit, ihr graphischer Dynamismus, die konstante lautbildliche Koordination, die Reduktion eines wirklichen, recht weitläufigen Ver-

laufs in eine konventionell kurze *Zeit* usw.[8] Julio Ortega hat diesen gleichen Zug festgestellt, als er das Problem der Wahrscheinlichkeit im Werk untersuchte: ›Grausig, lächerlich wie sie ist, kann man die Geschichte von Schwanz Cuéllar wie eine *comic story* lesen, sowohl aufgrund des schnellen Szenenaufrisses wie auch aufgrund der lachhaften und satirischen Verwendung von Schauplätzen, wenn sie die Gemeinplätze der Heranwachsenden sind. Diese typischen Schauplätze verweisen hier auf die Karikatur.‹[9]
Eine deformierende Übertreibung zeigt sich in allem (die selbst Ortega dazu verleitet, die Kastration stärker imaginär als wirklich zu sehen), ein Wille, die Idole der Kindheit und Jugend zu zerstören, indem sie in den schwärzesten Farben gezeigt werden. Wenn die ›kleinen Hunde‹ von ihrer Rache dem Hund Judas gegenüber sprechen (ein Name, der bereits eine Farce ist), wird Cuéllar ausschweifend und bemächtigt sich der dünkelhaften Symbole der Comics und mischt sie mit der Wirklichkeit: ›sobald er rauskam, würden wir nachts zum Colegio gehen und über die Dächer eindringen, hoch lebe der Junge bum bum, der Maskierte Adler tschass tschass, und bis er Sterne sieht, guter Laune aber ganz mager und blaß, das Hundsviech, wie er's mit mir gemacht hat‹. Späße und Scherze der Schule gliedern sich ebenfalls wie Parodien in die Liebesverhältnisse ein: ›ich will Dein Freund sein und schickte ihr einen Kuß und ich bete Dich an, sie würde die Kuh sein und ich werd der Stier sein, ha ha‹; ›aber was hatten sie denn, was war ihnen denn (Pusy: der Speichel durch den Mund und

das Blut durch die Adern gelaufen, ha ha)‹. Aber der häufige Gebrauch der Lautmalereien und die graphische Darstellung fallen besonders auf, was an die klassische Sprache der comic strip erinnert, d.h. das visuelle Bild und der konventionelle Ton, der damit verbunden ist (die ›Sprechblase‹); hier einige Beispiele:

... und Cuéllar zog sein kleines Taschenmesser und tschass, tschass erstach, zerfetzte ihn, und machte ihm den Garauaaaauuuu, den Kopf zurückgeworfen uuuuuaaauuuu; beide Hände um den Kopf, auauauuu: brüllte Tarzan nicht etwa so?
... aufs Eis konzentriert, eine Verkehrsampel, schhp leckend schhp und hüpfend bis zum San Nicolas Gebäude ...
... und er sssst den Malecón entlang sst von der Benavides bis zur Quebrada ssst in zwei Minuten fünfzig, hab ich ihn gebrochen?
... und, unvermittelt, fing Schwänzchen an, dddoch gefffielen ihm schon, die anstttändigen Mäddddchen, zu stottern, nnnnur ebbeben die dürre Gagagagamio nicht, sie hast schon wieder Federn und er außeraußeraußerdem war kkkkeine Zeit wegen der Prüfffungen und wir laßt ihn in Ruhe ...
... wünschte hätte einen Revolver, wozu denn, Bruderherz? hysterisch, um uns umzubringen? ja und auch den, der da vorbeigeht paff paff und dich und mich auch paff paff; eines Sonntags drang er mit seinem Ford auf den Rasen des Hipódromo ein fffumm fuhr in die Leute fffumm, die entsetzt kreischten und über die Barrieren sprangen. Während der Karnevalstage flüchteten die Mädchen vor ihm: er warf mit Stinkbomben nach ihnen, Bananenschalen, verdorbenem Obst, mit Pipi aufgeblähten Ballonen und beschmierte sie mit Lehm, Tinte, Mehl, Seife (für Kochtöpfe) und Teer: Rohling, sagten sie zu ihm, Schwein, brutaler Kerl, Vieh, und tauchte bei Fiestas im ›Terrazas‹, am Kinderspielplatz im Parque de Barranco, beim Ball im ›Lawn Tennis‹ auf, ohne Kostüm, in jeder Hand eine Wasserpistole mit Äther, píkiti, píkiti, pisch, hab getroffen, hab sie in die Augen erwischt, ha ha, píkiti, píki-

ti pisch, jetzt wird sie blind, ha ha, oder mit einem Spazierstock bewaffnet, um ihn den Paaren zwischen die Beine zu werfen, damit sie zu Boden fielen: tramtramtram.

Dieser komische Realismus will die absurden und spaßhaften Extreme aufzeigen, zu denen der Machismus führen kann: *Die kleinen Hunde* ist ein antiheroisches Buch. Aber das Vorherige läßt die Frage nach dem Sinn, den diese Vision haben kann, nach den zweifellos symbolischen Gipfelpunkten offen. Unter diesem Blickwinkel ist das Werk eine gesellschaftliche Metapher mit beunruhigenden, machtvollen Anspielungen: es sagt mehr aus, als es scheint. Cuéllar ist die Verkörperung des Individuums, das unfähig für das Leben in der Gesellschaft ist. Aus diesem Grund ist es relativ unwichtig, ob seine Kastration physisch oder imaginär ist (die *Idee* der Kastration als etwas von anderen Auferlegtes). Cuéllar gehört zu der Art eingeschüchterter Menschen wie der *Sklave* (*Die Stadt und die Hunde*); aber er ist sich selbst gegenüber weniger aufrichtig als jener (der, bis zum Ende, natürliches Opfer der ganzen Gewalttätigkeit der Schule Leoncio Prado ist), weil er die allgemeinen Vorbilder annimmt, die ihm die anderen diktieren und weil er ein doppeltes Spiel spielt, um unter ihnen als Gleicher zu überleben. Das Verhalten der Gruppe ihm gegenüber wechselt von anfänglicher Sympathie zu offener Ablehnung, aber selbst die Sympathie ist an die Erfüllung der kollektiven Gesetze gebunden. Von Anfang an ist die Idee von kindlicher Gemeinschaft bereits verdorben:

Und, außerdem, ein guter Kamerad. Sagte uns bei den Prüfungen ein und in den Pausen kaufte er Lutscher für uns, Kapitalist, Bonbons, so was von Schwein, sagte Choto zu ihm, du kriegst mehr Taschengeld als wir vier zusammen, und er wegen der guten Noten, die er kriegte, und wir *nur gut, daß du ein anständiger Kerl bist, das rettete ihn.*

Fleißig zu sein, genügt Cuéllar nicht: er muß auch beweisen, daß er ein guter Sportler ist, um die Achtung innerhalb seiner kleinen Gesellschaft zu bewahren.

Netter Kerl, aber ein Riesenstreber, sagte Choto, vor lauter Lernen vernachlässigt er den Sport, und Lalo war nicht seine Schuld, sein Alter mußte schwierig sein, und Chingolo klar, der käm ums Leben gern mit ihnen und Mañuco würde verdammt schwierig sein, daß er in die Mannschaft käm, war nicht so gebaut, keine Schußkraft, keine Ausdauer, wurde immer gleich müde, gar nichts. Aber köpfelt gut, sagte Choto, und außerdem war er unser Anhänger, man mußte ihn reinkriegen ganz gleich wie sagte Lalo, und Chingolo damit er mit uns zusammen ist und Mañuco ja, den würden wir reinkriegen, und wenn's noch so schwer war!

Man könnte den Unfall Cuéllars letztlich als Art indirekter Sanktion verstehen, die ihm wegen seiner unvollständigen Anpassung an die Gruppe auferlegt wird. Zu Beginn der Erzählung sagt Mañuco einen Satz über den Hund Judas, der einen zweideutigen, vorwegnehmenden Sinn innerhalb des Kontextes erhält: ›Doggen bissen nur, wenn sie rochen, daß man Angst vor ihnen hat‹. *Ergo* ist Cuéllar kastriert, *weil* er Angst hatte, und seine Strafe steht in einem geheimen Verhältnis zu seiner Schuld. Das Leben Cuéllars wird allmählich immer unaufrichtiger und unwirklicher: in seinem verzweifelten Streben nach den Idealen des Machismus weigert er sich, das wirkliche Erwachsenendasein anzunehmen: diese Entfremdung wird ihn zum Tode führen.

Aber der wichtigste symbolische Aspekt in *Die kleinen Hunde* zeigt die Entfremdung Cuéllars als umgekehrten Reflex einer anderen, subtileren, die sich der ihn verurteilenden Freunde bemächtigt. Im vierten Kapitel der Erzählung gibt es eine Schlüsselszene: in einem Augenblick hat Cuéllar den rührenden Mut, seine Liebe zu Teresa zu gestehen und seinen Wunsch, sie für immer zu besitzen. Die anderen sprechen dagegen von den Mädchen nur als einfaches Mittel, um ihre Männlichkeit zu beweisen. Einen Augenblick lang scheint Cuéllar aufrichtiger (und weniger durch die Vorschriften des jugendlichen Kodex verzerrt) als die anderen:

Er würde ihr's sagen, hätte dann eine Feundin und er was würde er mit ihr tun? und Choto es treiben und Mañuco ihre Hand packen und Chingolo sie küssen und Lalo sie so ein bißchen abknutschen und er und danach? und die Stimme versagte ihm und sie danach? und er danach, wenn sie soweit wären und du heiratest, und er und du und Lalo: wie absurd, wie konntest du an so was jetzt schon denken, und außerdem ist das das Wenigste. Eines Tages würde er sie davonjagen, unter irgendeinem Vorwand Streit suchen und Krach mit ihr haben und auf diese Weise käme alles in Ordnung und er, reden wollend und nicht reden wollend: genau das war's ja, was er nicht wollte, denn, denn er liebte sie. Aber wenig später – schon zehn ›Cristales‹ – Genossen, wir hatten recht, es war das beste: ich werd mich ranmachen, werd eine Zeitlang mit ihr gehen und werd sie dann davonjagen.[10]

Zum Schluß zeichnet sich die Rückkehr Cuéllars zum

Infantilimus gegen einen Hintergrund allgemeiner Verbürgerlichung ab: als die Mythologie zurückbleibt, die die ›kleinen Hunde‹ verband, lockern sich ihre Schicksale, versinken sie in einer blühenden Mittelmäßigkeit und wiederholen in stiller Ruhe den abgelehnten Zyklus ihrer Väter. Der offenkundigen Niederlage Cuéllars, der sich seiner Welt nie anpassen konnte, entspricht eine andere Niederlage, die langsamer und zersetzender ist. Es ist die heuchlerische Unterwerfung unter eine Gesellschaft, die falschen Werten des Scheins und des Geldes gehorcht. Der Abschnitt, mit dem die Erzählung schließt (durch seine durchdringende Ironie besonders prachtvoll[11]) faßt diese Ablehnung eines authentischen Lebens zusammen. Es ist die Zähmung der ehemaligen Rebellen:

Sie waren schon ganze Männer und wir hatten alle Frau, Auto, Kinder, die im Champagnat studierten, in der Inmaculada oder im Santa María, und bauten sich ein Sommerhäuschen in Ancón, Santa Rosa oder an den Stränden im Süden, und wir fingen an, dick zu werden und graue Haare zu kriegen, Bäuchlein, schlaffe Körper, und beim Lesen Brille zu benutzen, sich nach dem Essen und Trinken unwohl zu fühlen und auf ihrer Haut tauchten bereits da und dort kleine Flecke auf, gewisse Fältchen.

Wieder einmal weigert sich Vargas Llosa, die Menschen in gute und böse einzuteilen. Er will uns offenbar sagen, daß unsere bürgerlichen Gesellschaften (mit ihrem Pharisäertum, mit ihren starren Lebensformen) immer aggressiv dem Individuum gegenüber sind, das rebelliert und schädlich denjenigen,

die sich anpassen. Ob Cuéllar das Bild der geistigen Kastration der Mittelschicht darstellt, gebildet durch das erzieherisch-religiöse System; ob Cuéllar nun das Symbol des von der Gesellschaft unverstandenen und verlachten Künstlers ist, ganz sicher zeigt seine Geschichte und die seiner Freunde den fürchterlichen Schaden, den die bürgerliche Gesinnung einer Gemeinschaft wie der peruanischen zufügt, hier in der Erfahrung der Jugendlichen.
Die größte Originalität der Erzählung liegt jedoch weder in dem komischen Realismus noch in dem gesellschaftlichen Symbolismus, sondern in der Erfindung einer Form, die eines der kühnsten formellen Experimente innerhalb der spanischen Sprache darstellt. *Die kleinen Hunde* ist Fragment einer völlig neuen Entdeckung, deren Möglichkeiten vom Autor noch nicht erschöpft wurden; ein Probierfeld, ›Versuchskapitel‹[12], von dem man weitere Entwicklungen erwarten darf. Der Anfangspunkt liegt, wie wir sagten, in *Das grüne Haus,* konkret in den mehrdimensionalen Erzählweisen, durch die sich die Grenzen zwischen ›Beschreibung‹ und ›Erzählung‹, zwischen ›Objekt‹ und ›Vorgang‹, zwischen ›Handlung‹ und ›Plan‹ verwischen. Aber Vargas Llosa stellte seine Arbeit unter neue Termini: ›... ich kämpfe weiter mit einer Geschichte, die völlig auf diesem Verfahren aufgebaut ist, das darin besteht, gleichzeitig die objektive und subjektive Wirklichkeit in einem einzigen Satz auszudrücken, und zwar durch rhythmische Kombinationen‹[13]. Das gelingt ihm, indem er verschiedene Tempora und Verbpersonen dem glei-

chen psychologischen Subjekt zuordnet, das gleichzeitig wie ein *sie* und ein *wir* in seiner grammatischen Formulierung gesehen wird.[14] Der erste Abschnitt der Erzählung führt uns sofort in eine bestrickende und chormäßige Erzählwelt:

In dem Jahr damals trugen sie noch kurze Hosen, wir rauchten noch nicht, unter allen Sportarten zogen sie Fußball vor und wir lernten gerade Wellenreiten, vom zweiten Sprungbrett des ›Terrazas‹ ins Wasser hechten, und sie waren ungezogen, bartlos, wißbegierig, sehr behende, gefräßig. In dem Jahr damals, als Cuéllar ins Colegio Champagnat eintrat.

Orte, Handlungen, Dialoge, Gedanken, Geräusche, Phantasien, unbestimmte Beobachtungen, losgelöste Sätze usw. werden alle von dem Druck dieser krampfhaften, elektrisierten, fast flüssigen Prosa mitgerissen, die wie der Puls schlägt und Zeit und Raum verschlingt. In dieser Strömung bleibt die von Vargas Llosa ersehnte Objektivität wieder einmal unverletzt: er schreibt und spricht mit der Stimme seiner Protagonisten, er ist ›einer der Gestalten und keiner, und alle . . . er ist gleichzeitig allwissender Erzähler und derjenige, der sich nur auf die erlebte Erfahrung beziehen kann‹[15]. Von diesem Impuls getrieben, ignoriert der Autor kühn (zur Verzweiflung seiner Übersetzer) die letzten Festungen der Sprache, und in den lebendigen Bewegungen dieses verbalen Organismus wechselt er den Rhythmus, läßt Verben aus, verdreht den Sinn des Erzählverlaufs und verwechselt die Personen mit der Handlung: ›die Ausgewählten wir zogen uns an um zum Mittagessen zu ihnen zu gehen‹; ›sie wir rächten ihn‹;

›obwohl sie tuschelten er, vom Klinikbett aus, hörte sie‹; ›er hatte sie sich in die Tasche gesteckt, meine Eltern‹; ›am Anfang sie zogen wir ihm lange Gesichter‹; ›dann gingen wir wieder nach Hause und sie duschten sich und wir putzten uns und Cuéllar holte sie mit seinem starken Nash‹ usw.

Wie schon bei früheren Gelegenheiten sind die ersten Analogien dem visuellen Bereich entnommen: der stilistische Effekt dieses Vorgehens ist einer Kamera ähnlich, deren Verschluß sich fortwährend öffnet und schließt und jedes Mal die Gegenstände, den Blickwinkel, den Brennpunkt, das Subjekt wechselt; oder den kinematographischen unzusammenhängenden und unerwarteten Bildern von Godard oder Resnais. Das Bestreben von Vargas Llosa ist darauf gerichtet, die Erzählung in allen Personen gleichzeitig zu versuchen, bis die einzelnen Gesichtspunkte sich in einer einzigen dramatischen Einheit auflösen, in einer Art kollektiven Erzählers, in einem alles mitreißenden erzählerischen *Kontinuum*. Aber wenn die Personen sich in einem großen Wir vereinigen, will dieses Wir auch den Leser umfangen und ihn zum Teilnehmer werden lassen. Benedetti behauptet, daß ›es eine Art ist, den Leser in diese Stammesschuld einzufügen, ihn irgendwie ein Zittern für den Nächsten fühlen zu lassen‹[16].

Die Intimität (oder Mittäterschaft) mit dem Leser wird auch durch den reichlichen Gebrauch von Ausdrücken aus dem Schülerslang gesichert und durch das einschmeichelnde Auffangen der Nuancen und Klänge der Sprache in Lima (etwas liebevoll, etwas schelmisch). Slang und lokale Ausdrücke sind keine Neuerung für den Leser, der bereits die früheren Romane von Vargas Llosa kennt, aber ihre Häufigkeit ist hier weitaus größer als in allen früheren Werken. Es ist zu befürchten, daß die mit diesen Redewendungen wenig Vertrauten viele wichtige Nuancen in der Geschichte verlieren: die Anekdote ist unlösbar und stärker als je zuvor die Sprache, mit der sie ausgedrückt wird. Was die Häufung der Diminutive betrifft (die Szenen, in denen Teresita mit Cuéllar und der Gruppe spricht, sind eine Übertreibung dieser Steigerungsform), bildet sie den nachsichtigen und süßlichen, intimen und zugleich herzlichen Ton des Textes. Er macht den Infantilismus und die Naivität durchsichtig, in die die Personen aufgrund der Ablehnung oder durch den Sog der Gesellschaft sinken. Weil die Entfremdung auch linguistisch ist, wiederholen die Jungen mechanisch die verbalen Formulierungen, die das Radio und der Slang des Sports verbreiten: sie sagen von Cuéllar, daß er ›ein bißchen verrückt‹ sei und seine Fußballqualitäten verdienen folgende Bemerkungen: ›Wie hast du's gemacht? sagte Lalo zu ihm, woher die Wendigkeit, diese Pässe, diese Jagd nach dem Ball, diese Eckschüsse? . . . Doch, hat sich sehr gebessert, sagte Choto zum Frater Lucio, dem Trainer, wirklich, und Lalo ist ein flinker Stürmer und strengt sich an, und Chingolo wie gut er die Angriffe organisierte, und vor allem ließ er sich den Schneid nicht abkaufen, und Mañuco haben Sie gesehen, wie er bis aufs Tor geht und hinter dem Ball her ist, wenn der Gegner in Führung ist?‹

Die kleinen Hunde bestätigen trotz ihrer Kürze die Meisterschaft des Autors, Stimmungen, Konflikte und Persönlichkeiten einzufangen, die es ihm ermöglichen, die Widersprüche der peruanischen Gesellschaft zu spiegeln. Sein unermüdlicher Wille schafft sich das notwendige Instrumentarium, diese Gesellschaft in totalen Visionen, Mythen und Metaphern von autonomer Gültigkeit darzustellen. Bislang hat die schöpferische Aufgabe von Vargas Llosa deutlich gezeigt, was sein Ziel ist: die hartnäckige künstlerische Erfindung einer Wirklichkeit. Wenn wir die Grenzen der Sprache als Grenzen der Wirklichkeit akzeptieren, müssen wir auch damit einverstanden sein, daß die Werke von Vargas Llosa diese Wahrheit ständig auf die Probe stellen. Die Entdeckung des Themas nach langem Heranreifen im Bewußtsein des Autors, wie es bei dieser Geschichte der Fall war, schließt die Notwendigkeit ein, die adäquaten Ausdrucksformen zu finden. Die Suche hört erst dann auf, wenn der Autor weiß, daß er das einzig passende und wirksame Verfahren gefunden hat; wenn die Atmosphäre in der sprachlichen Umgebung existiert, die er für sie schafft, um sie auf diese Weise in einer neuen Dimension wiederzuerhalten: der literarischen. Nur dann bekommen sie Sinn für ihn und seine Leser. Dieses Ziel erfordert lebendige Intuition und gelassene Beherrschung der verschiedenen Techniken, und Vargas Llosa erfüllt beide Bedingungen. Da er bekanntes Gebiet beschreitet, kann er kühn sein und mit großen Schritten vorwärtsgehen und dabei ganze Experimentierfelder ausklammern:

vom einfachen Realismus in den frühen Erzählungen *Los Jefes* (Chefs) gelangt er zur Wiedergewinnung einer tiefen persönlichen Erfahrung durch vielfältige Blickpunkte in *Die Stadt und die Hunde;* von dort zur äußerst komplexen Architektur von großen Zeit- und Ortsfeldern in *Das grüne Haus;* von da zur Erarbeitung einer Prosa, die praktisch den gesamten aktuellen Standard der Erzählprosa überschreitet in *Die kleinen Hunde;* und dann zum pyramidenförmigen Labyrinth der Stimmen in *Gespräch in der Kathedrale.* Um seine fiktive Welt gut kennenzulernen und sich selbst in ihr, hat Vargas Llosa sie der allmächtigen Kraft des Wortes übergeben.

›In letzter Instanz (hat er gesagt) ist die Literatur nur das: ein Reflex, eine Wiederherstellung der Wirklichkeit durch eine andere, rein sprachliche Wirklichkeit.‹[17] Für ihn sind große Romanautoren diejenigen, die die Torheit begehen, der massiven wirklichen Welt die totale und lügnerische Welt der Fiktion entgegenzusetzen. Seine Fiktionen möchten sich kühn an dießem Maß messen. Vargas Llosa hat einmal die literarischen Vorbilder des lateinamerikanischen Schriftstellers aufgezeigt: ›Wir sind dazu gezwungen, Balzac, Proust und Beckett zur gleichen Zeit zu sein‹[18]. Unbeabsichtigt vielleicht hat er so die drei höchsten Leitbilder erwähnt, an denen sich sein stürmisches, reichhaltiges und ehrgeiziges Erzählwerk orientiert.

José Miguel Oviedo

Anmerkungen

1 *Letras del continente mestizo.* Montevideo, Ed. Arca, 1967, p.199

2 Charakteristischerweise sind seine politischen Neigungen reaktionär: (Hitler war nicht so verrückt, wie's hieß, in ein paar Jährchen hat er aus Deutschland ein Land gemacht, das es mit der ganzen Welt aufgenommen hat), seine beruflichen Neigungen die eines Parvenü: (Jura ... aber nicht, um Rechtsverdreher zu werden, sondern um ins AA einzutreten und Diplomat zu werden).

3 *La contemplación y la fiesta.* Lima, Ed. Universitaria, 1968, p.69

4 *Los cachorros o la castración generacional.* ›Expreso‹ Lima, 5.11.67, p.15 35 (4), dec. 67, p.277

5 *Recent Peruvian Fiction: Vargas Llosa, Ribeyro and Arguedas.* ›Research Studies‹

6 *Los nuestros.* Buenos Aires, Ed. Sudamericana, 1966, p.445

7 *House affairs.* Rezension von *Das grüne Haus.* ›The Nation‹, 3.3.69, p.280

8 cf. Umberto Eco: *Apocalittici e Integrati* Ed.Bompiani, Milano 1965, besonders Kapitel: Die Sprache des Comics.

9 op.cit.

10 Den Frauen gegenüber ist das Verhalten von Alberto in *Die Stadt und die Hunde* grundsätzlich das gleiche wie das der ›kleinen Hunde‹.

11 Carlos Martínez Moreno *(Una hermosa ampliación,* in: ›Amaru‹ No.3, Lima, Juli-Sept. 67, p.86) glaubt hingegen, daß der Abschnitt überflüssig sei.

12 Carlos Barral in seiner Einleitung zu *Die kleinen Hunde.* Barcelona, Ed. Lumen, 1967, p.9

13 Brief vom 22.1.66, zitiert von Luchting in ›Recent Peruvian Fiction ...‹ art. cit., p.277

14 Martínez Moreno macht eine interessante Anspielung auf ein ähnliches formelles Verfahren, auch wenn nur ›als nahe-

zu phantastische Möglichkeit‹ (loc.cit., p.85) zu Beginn der Erzählung ›Teufelsspucke‹ von J. Cortázar.

15 Alfredo Matilla Rivas: Rezension von *Die kleinen Hunde*. ›Asomante‹, San Juan, Vol. XXIV, No.3, 1968, p.99

16 op.cit., p.200

17 Harss, op.cit., p.442

18 ›Gespräch mit Vargas Llosa‹ (Reportage von M.F.) in: ›Imagen‹ No.6, Caracas, 1./15.August 1967

Bibliothek Suhrkamp

Verzeichnis der letzten Nummern

Bibliothek Suhrkamp

Alphabetisches Verzeichnis